LA FEMME COQUELICOT

Maître de conférences à l'université de Paris V-René Descartes-Sorbonne et femme de lettres, Noëlle Châtelet est l'auteur de romans, d'essais et de nouvelles dont *Histoires de bouches*, Prix Goncourt de la nouvelle en 1987 (Mercure de France, 1986 ; « Folio » Gallimard, 1987). *La Dame en bleu* (Stock, 1996), premier volet d'une trilogie, a obtenu le Prix Anna de Noailles de l'Académie française. Le deuxième ouvrage, *La Femme coquelicot*, est paru chez Stock en 1997. *La Petite aux tournesols*, troisième et dernier roman de cette trilogie, sera publié chez Stock en mai 1999.

Paru dans Le Livre de Poche :

LA DAME EN BLEU

NOËLLE CHÂTELET

La Femme coquelicot

STOCK

I

Marthe est dans son lit.

Les yeux mi-clos, elle fait durer le moment de l'éveil, ces minutes singulières de flottement où elle est sans âge, où elle déambule parmi tous les âges de son passé. Elle va et vient ainsi d'une Marthe à l'autre, laissant sa mémoire s'attarder comme elle veut, au gré de son humeur, enjouée, chagrine. C'est selon.

Et elle soupire. Elle aime soupirer, même sans raison. C'est apaisant, frais, ces petits coups de vent de l'âme.

Après le soupir et seulement après, elle ouvre grand les yeux, sur sa chambre, sur sa vie. Sa vie de vieille dame.

Le décor est dans des teintes beige fané,

comme les rideaux, le couvre-lit, les napperons au crochet qui recouvrent les deux fauteuils et la commode.

Pour se redresser, s'asseoir sur le bord du lit, il faut des précautions. Désengourdir les membres, consentir déjà à l'élancement de la hanche gauche qui l'accompagnera ensuite jusqu'au coucher, plus ou moins intraitable.

Un autre soupir. Les mules. Le peignoir en satinette.

Dans la cuisine, la pendule marque huit heures, forcément. La bouilloire bout. Le pain grille. Trois petites rondelles, pas plus.

La surprise va venir de l'infusion du thé. Deux cuillères rases, pas plus.

L'idée ne l'enchante pas autant qu'à l'ordinaire. Pire, si elle s'écoutait, elle dirait que l'odeur du thé lui soulève le cœur et comme elle s'écoute, Marthe — elle ne fait même guère que cela —, elle porte à sa poitrine deux mains inquiètes.

Le cœur est tranquille. Quand même, Marthe tire à elle le tabouret, prépare les pilules en les comptant, consciencieusement. Les médicaments, c'est comme les soupirs : rassurant. Les compter fait déjà du bien, au cœur, à la hanche.

Sa répugnance au thé l'intrigue. Mais

comment une femme qui n'a rien convoité depuis tant d'années pourrait-elle deviner que le trouble dont elle souffre vient tout simplement d'une envie ?

Marthe a envie de café. Après vingt années de Ceylan assidu, Marthe a envie de café.

Le thé avait dû naître d'une sorte de contrainte, de débâcle de tout le corps, le jour des obsèques d'Edmond, quand, nauséeuse, les forces lui avaient manqué de se retrouver seule avec le café au lait, devant la table de cette même cuisine, où plus d'une fois pourtant, elle avait rêvé de prendre en paix son petit déjeuner, sans les grommellements de son mari toujours contrarié par quelque chose ou par quelqu'un.

Edmond le maussade, le bilieux Edmond...

Du café, Marthe en a dans l'armoire, pour les enfants quand ils viennent en visite ou pour la concierge les jours d'escalier.

Mais le café que Marthe va prendre n'a rien de commun ni avec le café des enfants en visite ni avec celui de madame Groslier aux doigts fleurant l'encaustique.

Ce café, Marthe le sirote maintenant en fermant à moitié les yeux, comme si elle s'éveillait à nouveau. Elle le buvote goulûment.

Secondes, singulières, de flottement.

Et une image la submerge, nette puisqu'elle date d'hier, celle de l'homme aux mille cache-col, un familier, comme elle, de la brasserie des « Trois Canons », à l'heure dite creuse de l'après-midi, quand le creux vire au vide, que l'ennui écorne les coins de la solitude.

Hier après-midi, il portait un foulard assez chic, dans des tons grenat et des motifs cachemire, sur son éternelle veste en velours marron côtelé.

Hier après-midi, il avait commandé un marc avec son café et Valentin, en le servant, lui avait décoché un clin d'œil intraduisible, en prenant à témoin le vieux chien au poil blanc, un peu hirsute, sagement couché aux pieds de son maître et si essentiellement semblable à lui.

Hier après-midi, l'homme aux mille cache-col s'était tourné vers Marthe. Il avait lentement levé sa tasse — avec un raffinement surprenant pour une personne dotée de mains si fortes, malgré son âge, qu'elles l'avaient davantage frappée, à la longue, que la multiplication impressionnante des écharpes et des foulards — et, semblant lui destiner le café dont l'arôme puissant s'enroulait autour d'elle, il avait bu le breuvage sans la quitter du regard, comme s'il voulait l'associer à cet instant d'intense dégustation.

Marthe contre toute attente n'avait pas cillé, d'autant que le regard dénué de vulgarité avait aussi un rien de fraternel. À trois tables de distance, par la seule force de leur fantaisie commune et spontanée, elle avait donc bu, avec lui, jusqu'à la dernière goutte. Ensuite, très naturellement, l'homme aux mille cache-col s'était replongé dans son cahier de croquis et Marthe avait repris ses mots croisés géants en s'astreignant à finir une verveine définitivement insipide...

Contrairement à ce qu'elle craignait, l'incartade du café de ce matin n'est suivie d'aucune palpitation ou autre punition du même genre. Elle s'octroie donc une autre tasse et la déguste en concluant sur un soupir de plaisir qui soulève sa poitrine plate, un peu osseuse.

Marthe profite de cette bonne énergie pour aérer sa chambre et trier les journaux. Sur celui d'hier, aux trois quarts achevé, un mot attire son attention, au centre de la grille. C'est celui qu'elle a écrit après avoir « partagé » le café de l'homme aux mille cache-col. Elle lit : « projet », terme pour définir, précisait le journal, « une intention particulière ». Marthe qui ne sait pas qu'elle rougit a soudain chaud aux joues.

De projet elle en a un. Une intention aussi, tout à fait particulière. Après tant d'années sans envie, sans le moindre caprice, l'intention toute particulière de Marthe est de se rendre aujourd'hui même, à trois heures, aux « Trois Canons » et de commander à Valentin deux cafés, dont un pour elle.

II

« Et deux petits noirs, deux ! »

Valentin voltige. On dirait qu'il éprouve une certaine satisfaction à servir autre chose à Marthe que sa verveine habituelle.

Au moment de la commande, il a été décontenancé. Marthe a senti qu'il hésitait à lui faire préciser s'il s'agissait bien de « deux » cafés, mais quelque chose l'en a empêché.

Marthe pouffe, étonnée de sa propre audace.

Maintenant que les deux cafés sont arrivés, c'est à son tour d'être décontenancée : il n'est pas là. Dans son plan minutieusement pensé et repensé, elle n'avait pas envisagé un instant qu'il puisse ne pas être là. En général, quand elle pousse la porte des « Trois Canons » à trois heures, l'homme aux mille cache-col est déjà attablé, le chien à ses pieds, à croquer les quelques rares clients sur son carnet à dessins.

Et puis, tout simplement, il devrait être là !

Marthe est désorientée. Ce qu'elle éprouve est si confus... Ce n'est pas uniquement du désappointement. Le désappointement, elle le connaît bien, quand l'un ou l'autre de ses enfants par exemple, Céline plus souvent que Paul il est vrai, annule une visite promise avec les petits dont le goûter est déjà préparé dans la salle à manger, que le Coca-Cola acheté pour la circonstance est déjà au frais. Ou bien encore quand l'élancement de la hanche la réveille, à peine une heure après les cachets du coucher, la faisant soudain douter de la médecine à laquelle elle voue un culte qui lui sert d'exercice spirituel quotidien.

Cette fois, Marthe se trouve comme trahie, humiliée.

Trahie par son absence à lui. Humiliée par sa présence à elle, sans compter le ridicule des deux cafés fumants dont elle ne sait même pas lequel est le sien.

Marthe revoit le tableau fignolé pendant toute la matinée :

Elle, grande dame, souveraine, faisant porter par Valentin le café à la table de l'homme aux mille cache-col. Lui, surpris, troublé, se levant, s'inclinant vers elle, la remerciant puis la conviant à le rejoindre. Elle, fine, déliée : « Ne vous devais-je pas un café ? » Lui, empressé mais courtois, renouant maladroitement une écharpe de soie blanche : « Allons, madame, c'est moi qui suis votre obligé, je vous dois le bonheur de l'avoir bu hier avec vous ! »

Marthe s'en veut, bien sûr. Tout cela pourrait bien être grotesque. Grotesque l'idée des cafés, grotesques la mise en scène et le temps passé à la peaufiner comme une gamine espiègle, romanesque.

« Romanesque »... Que de sinistres fois elle l'avait entendu, ce mot. De son père d'abord qui la traquait au plus intime de ses lubies de petite fille trop sensible, trop extravagante ; d'Edmond ensuite, dont les principes et la morgue avaient fini d'étouffer en elle les derniers sursauts de son imagination, de ses rêveries !

Ce pourrait être grotesque et cependant...

Marthe sucre l'un des cafés. Elle tourne pensivement la cuillère.

Ce n'est pas grotesque pour une raison qui peu à peu prend forme dans l'odeur de café.

Une raison simple, indéniable : Marthe s'amuse.

Malgré la trahison, malgré le ridicule, peut-être à cause de lui, depuis hier, trois heures et demie, à aujourd'hui, même heure, intensément Marthe s'amuse.

Tellement qu'elle en oubliera les mots croisés. Tellement qu'elle boira les deux cafés, sans le moindre battement de cœur...

Une vieille dame qui s'amuse ne se déplace pas dans l'espace comme une vieille dame que la vie pousse sans raison, ainsi qu'un joueur blasé son pion sur l'échiquier.

Même Valentin l'aura remarqué.

En quittant les « Trois Canons » son petit sac de cuir tressé à la main, Marthe jouit de chacun de ses pas, en dépit de l'élancement de la hanche gauche.

En passant du thé au café, Marthe a changé de registre, comme si son existence s'était en quelque sorte haussée d'une marche.

Tout est semblable pourtant, mais avec un degré de plus.

Par exemple, elle met davantage de sel dans ses aliments, laisse se multiplier les rondelles de pain du petit déjeuner, règle à la hausse le son de la radio ou de la télévision. Elle veut amplifier les bruits. Voir éclater les couleurs. Même les objets usuels ont pris une autre épaisseur, une autre tangibilité. Marthe a besoin de sensations plus concrètes, de plus de proximité avec les choses et les gens.

Quand Paul l'a appelée, il y a deux soirs, pour prendre de ses nouvelles, elle a trouvé la voix de son fils sans saveur, bien qu'il fît des efforts (parfaitement inutiles d'ailleurs étant donné l'acuité nouvelle de sa mère à la réalité sensible) pour hausser le ton et articuler, comme s'il avait affaire à une personne un peu demeurée.

« Tu peux parler moins fort, tu sais, je te suis parfaitement ! » avait fini par lui dire Marthe. Paul à l'écouteur avait marqué un temps, embarrassé.

Ce degré, cet échelon, gravi dans les sensations lui permet aussi d'éprouver certains faits de la quotidienneté comme des espèces d'événements. L'automatisme des gestes a fait place à quantité de petits ravissements.

Elle s'émerveille d'un rien.

Pour ce qui est de l'émoi, Marthe vit aussi un cran au-dessus. Elle le sent bien à l'effet que produit sur elle la sonnette de la porte qui annonce une visite ou l'inflexion de la voix de madame Groslier lui faisant le récit gourmand des derniers cataclysmes de l'immeuble ou du quartier.

À propos de ce qui vient de se passer, il y a à peine un quart d'heure, Marthe est encore toute bouleversée, toute chancelante.

Car madame Groslier, qui ne mesure sans doute pas bien le retentissement de ses déclarations, est venue raconter qu'une explosion de gaz s'était produite en face des « Trois Canons », soufflant d'un coup toutes les fenêtres de la devanture.

Si madame Groslier avait un peu de cœur, elle aurait perçu l'effet de cette nouvelle sur celui de Marthe.

C'est que l'explosion n'a pas seulement eu lieu aux « Trois Canons », elle éclate pour Marthe dans un coin oublié d'elle-même où la fleur du rêve pousse toujours bleue, un coin banni d'Edmond qui lui répétait si souvent : « Ce que tu peux être fleur bleue, mon pauvre petit ! » — à croire que, à ces moments, elle ne méritait même plus le féminin. Des mots qui arrachaient en elle les profondes racines de l'espoir. L'explosion se fracasse dans une vision d'épouvante, celle de l'homme aux mille cache-col, baignant dans son sang, le vieux chien hurlant à la mort parmi les croquis éparpillés sur le sol jonché de verre.

Allons, allons. S'asseoir, se calmer, redescendre d'une marche, d'un cran.

Madame Groslier a-t-elle parlé de victimes ? Non. Alors ?

Il faut y aller. C'est tout. Se rendre aux « Trois Canons ».

Elle place le chapeau sur le chignon bas. Se voir si pâle renforce sa frayeur. Elle va s'y rendre. Elle le doit. Elle lui doit.

La brasserie n'est qu'au coin de la rue...

Au moment d'enfiler les gants assortis au chapeau : le téléphone.

Marthe hésite. Pourtant elle va répondre. Le téléphone, même quand ce n'est pas important, reste important : son lien essentiel avec les autres. Mais pourquoi juste maintenant ?

« Maman, c'est Céline.

— Ah ! C'est toi !

— Eh bien oui, c'est moi ! Qu'est-ce qui se passe, tu n'as pas l'air contente de m'entendre ?

— Mais si, mais si, je suis contente... mais vois-tu, j'ai quelque chose de très...

urgent... est-ce que tu peux me rappeler plus tard, ma chérie ? »

Céline, comme Paul, marque un temps. Elle ne doit pas se souvenir d'avoir connu sa mère indisponible.

« Bon. Bien... C'est entendu, je rappellerai... »

Marthe se cramponne à la rampe de l'escalier. Un étage où tout glisse, les marches, les pensées.

Cette fois, c'est sûr, il gît au milieu des débris. Valentin, couvert de poussière, se penche vers lui. Il dénoue l'écharpe à carreaux, la noir et blanc, pour éponger le sang qui ruisselle dans ses cheveux blancs collés.

Madame Groslier a-t-elle parlé de blessés ? Non. Alors !

Maintenant, en parcourant la distance qui la sépare des « Trois Canons », aussi vite que l'autorise la hanche gauche, elle comprend ses scrupules à n'être pas retournée à la brasserie, soi-disant pour des raisons d'amour-propre, ses atermoiements quand l'heure creuse venait, virant au vide, vers trois heures de l'après-midi.

Marthe n'a plus le choix : l'homme aux mille cache-col l'occupe, impérieusement.

Devant les « Trois Canons » quelques

badauds sont attroupés. Marthe, qui se faufile parmi eux, se rassure aussitôt : on commente les travaux des ouvriers qui dégagent une tranchée dans le caniveau.

Quant à la porte de la brasserie, elle a été brisée en effet, mais la devanture est intacte.

Madame Groslier, égale à elle-même, s'est encore surpassée.

Valentin, à l'intérieur, est en grande conversation avec le poseur de carreaux.

Marthe pourrait rentrer chez elle. Pourtant elle demeure immobile, les bras ballants, prise d'une langueur molle, suave. Et un soupir lui vient, de vraie béatitude, la béatitude reconnaissante d'être au monde et dans ce monde-là, la même qu'à sa première communion quand, devant la flamme tremblante du cierge, prosternée, elle avait senti son âme battre des ailes. Ce battement doux, son corps le ressent en cet instant. Elle tangue sur le bord du trottoir...

La main posée sur son bras, elle ne la percevra pas immédiatement. Il faudra qu'elle réveille Marthe du rêve qui rend palpables les âmes pour prendre enfin tout son poids de réel, devenir matière. C'est une main d'homme très usée et pourtant puissante, étonnamment large sur l'étroitesse de son bras. Une main qui sent le café.

« Vous aussi, vous êtes venue ? »

Marthe ne se retourne pas. Elle continue de regarder cette main qu'elle connaît, qu'elle a connue ou bien qu'elle connaîtra.

Si elle réfléchissait, Marthe en déduirait que, s'il a posé cette question, c'est que lui aussi a su pour les « Trois Canons » et que lui aussi a eu peur...

Mais pourquoi réfléchir quand tout est clair, transparent ?

Non, Marthe essaie tout simplement de deviner quel foulard, ou quelle écharpe, il porte aujourd'hui. La main devient lourde sur le bras frêle. Elle en sent la moiteur au travers de l'étoffe en crêpe marine.

Elle opte pour le foulard grenat aux motifs cachemire.

Marthe n'a pas répondu à la question si affirmative. Sa réponse n'est-elle pas dans l'assentiment envers la main qui a conquis son bras ?

Enfin, elle se retourne. C'est bien l'écharpe grenat.

Tous les badauds en cercle sont penchés

au-dessus du trou creusé par les ouvriers. On dirait un petit trou d'obus.

Seuls sont debout, droits, une vieille dame et un vieux monsieur qui s'observent en clignant les yeux dans la lumière crue de midi, éblouis.

III

Marthe a rendez-vous.

Le mot est si savoureux qu'elle le tourne et le retourne dans sa tête comme on suce un caramel qui cogne contre les dents baignées de sucre.

Sept heures. « Trois Canons ». Ce soir même. À cette heure, en général, elle ne sort jamais par crainte de quelque danger associé pour elle à la tombée du jour, et pour ne pas risquer de manquer le moment possible où les petits lui téléphoneraient, après le bain du soir, les deux garçons de Paul, dans l'ordre, Thierry et Vincent, et, un peu plus tard, puisqu'elle ne va pas encore à l'école, Mathilde, la fille de Céline.

Marthe fait ses délices de ces conversations suivies avec ses petits-enfants qui commentent leur journée en prenant des voix de conspirateurs. Elle devine quand les parents entrent et sortent de la pièce aux changements de ton soudains. On chuchote des secrets, surtout avec Mathilde pour qui la cachotterie est une seconde nature.

L'homme aux mille cache-col a proposé sept heures et Marthe a dit « oui » si promptement qu'elle s'est demandé si quelqu'un d'autre ne répondait pas à sa place.

Un rendez-vous.

Il y a si longtemps que ce mot se résume à un signet dans l'agenda vide, joint au nom du Dr Binet ou d'une préposée à la caisse des retraites dont la tâche se limite à vérifier qu'elle est toujours en vie et en règle avec les humains.

Ce rendez-vous, elle ne le notera pas. Sa mémoire l'a déjà inscrit dans la pliure du cœur.

Simplement, Marthe a oublié l'impatience, elle doit réapprendre le sens du mot attendre, inséparable maintenant du mot rendez-vous, quand les aiguilles de la pendule semblent arrêtées, que le chiffre sept paraît hors d'atteinte. Réapprendre que tuer le temps n'est pas une image, qu'on voudrait en finir avec chaque seconde, chaque minute qui traîne.

Et puis, après l'attente, après les moments éternels où tout s'était paralysé, suspendu, cette brutale accélération des choses et les aiguilles affolées, et l'heure fatidique qui vient sur vous au galop, comme si elle s'excusait du retard, du temps perdu, et Marthe qui n'est pas prête, mais pas du tout, parce qu'elle ne sait pas, ne sait plus ce qu'est un rendez-vous, comment on s'y prépare.

Il est six heures et demie et Marthe est dans l'alarme.

Garde-t-on son chapeau, à cette heure, à la terrasse d'une brasserie ? Quand prendra-t-elle ses médicaments si elle retarde trop son dîner ? Et les petits ? Ils appelleront ce soir, c'est sûr. Il aurait peut-être fallu changer de robe. Sera-t-elle tenue de boire, elle qui ne boit jamais avant le potage de peur d'avoir à se lever la nuit ?

Plus que vingt minutes. Les clés de la porte se sont volatilisées. Oui, le robinet du gaz est bien fermé. Non, ce n'est pas le téléphone qui sonne. Bon, le trousseau de clés est au fond du sac à main. On verra bien pour les médicaments. De quoi aurait-elle l'air si elle avait changé de robe ? Celle-ci va très bien. Bien sûr, le chapeau ! Elle se sent si protégée avec le chapeau.

À moins dix, elle descend les escaliers. Elle se dit, en tenant fort la rampe, qu'elle sera juste à l'heure. Dans la cour, la concierge sort les poubelles, exagérant les bruits pour bien rappeler aux habitants de l'immeuble le soin qu'elle prend de leur confort. En voyant Marthe, elle a un bref instant de perplexité, va parler, se ravise, et se contente d'une moue frustrée.

Marthe est ma foi assez fière de surprendre madame Groslier — c'est sa revanche pour la panique qu'elle lui a causée avec l'explosion des « Trois Canons ». Elle ne résiste pas : « J'ai un rendez-vous », lui lance-t-elle, laconiquement, achevant de déconcerter l'oiseau de mauvais augure, la dévote du cataclysme.

La rue gobe Marthe et son sourire malicieux, le même qu'elle avait en commandant deux cafés à Valentin.

Quelques centaines de mètres avant le rendez-vous. Un chemin qu'elle pourrait parcourir les yeux fermés, familier à ses yeux, son pas, sa méditation. Puis tout à coup, le choc. L'enseigne rouge, fulgurante des « Trois Canons » éclate dans le ciel, décoche quelque chose.

Marthe a le trac. Le trac du soldat pris sous le feu ennemi. La balle n'est pas douloureuse mais elle en sent l'impact du côté du ventre. Une sorte de douce morsure. La balle n'est pas douloureuse mais c'est une balle quand même, insistante, transperçante.

Pourtant, le choc passé, Marthe avance avec cette nouvelle sensation au creux de son ventre qui bientôt lui devient agréable, et même nécessaire pour mettre un pied devant l'autre. Le néon des « Trois Canons » grandit, s'intensifie. Marthe sourit intérieurement de l'ironie des mots : c'est la première fois qu'elle donne aux « Trois Canons » son sens militaire. Et elle, dans tout cela, pense-t-elle, la première visée, la cible consentante de cette artillerie lourde, à cause d'un rendez-vous avec un inconnu. Ou plutôt avec l'inconnu. Peut-être une part d'elle qu'il lui faut retrouver parce qu'elle s'est perdue en route au milieu de l'ennui.

À quelques mètres à peine, une autre Marthe l'attend. Elle qui imagine si bien, elle a du mal à se la figurer. Qui donc est-elle ? C'est presque une étrangère.

Seul, l'homme aux mille cache-col est

indubitable. Elle sait le son de sa voix, la puissance chaude de sa main. Il la regarde venir, forcément.

Marthe a la bizarre impression d'aller à sa propre rencontre. Il suffit maintenant de pousser la porte.

« Vous êtes attendue, madame. »

Valentin la conduit lui-même à la table. Plus rien n'est semblable aux « Trois Canons » à sept heures du soir. Même le serveur a on ne sait quoi de solennel.

L'homme aux mille cache-col se lève, cérémonieux. Il tend vers Marthe la main, cette main si puissante, si chaude, celle de ses pensées. Elle y pose la sienne un instant, assez pour remarquer que ce soir la main tremble un peu.

Lorsque Marthe s'assoit, avec précaution — à cause de la hanche gauche, mais aussi d'une timidité dont elle n'espérait pas un jour retrouver la grâce presque innocente —, et lève vers lui un regard incertain, elle découvre avec stupeur que l'homme aux mille cache-col ne porte pas de cache-col. Sa chemise en soie violine, entrouverte, laisse voir son cou, nu, un cou raviné de plis mystérieux, un cou élimé et vivant de vieillard.

Marthe qui n'a jamais soif se sent la

bouche sèche. Instinctivement, elle porte la main à son cou tout aussi nu, tout aussi usé. Elle avait oublié comme la peau est soyeuse. Elle avait oublié la douceur de sa propre peau sous ses doigts.

IV

La sonnerie stridente arrache Marthe au sommeil.

« Maman ! C'est Paul !

— Ah ! C'est toi !

— Je t'appelle du bureau. Tout va bien, maman ?

— Oui. Oui... Tout va bien, pourquoi ?

— Céline m'a dit que tu ne répondais pas hier soir au téléphone... Elle a fini par m'inquiéter à la fin... Tu sais comment elle est !...

— Hier soir... Quelle heure il est ?

— Comment "Quelle heure il est" ! Il est plus de dix heures ! (Silence de Paul.) Tu ne te serais pas trompée dans tes médicaments ? Tu as une drôle de voix !

— Mes médicaments ? Non, non... J'ai bien dormi, c'est tout... »

Nouveau silence de Paul.

« Bon. Je te quitte. On te rappelle ce soir. Prends bien soin de toi... À dimanche, maman ! »

Marthe se redresse sur l'oreiller. Incrédule, elle regarde son réveil et, plus incrédule encore, les cachets pour la nuit. Elle les a tout bonnement oubliés en se couchant.

Elle soupire. Ce soupir-là est inédit. Il n'est ni de la nostalgie, ni du soulagement, ni même de la satisfaction. Une bouffée d'âme à l'état pur.

Ce qui la frappe aussitôt, en reprenant ses esprits, c'est le désordre inaccoutumé de son lit. Elle a du mal à le reconnaître ainsi défait. D'ordinaire Marthe dort d'un sommeil de gisant comme si chaque nuit devait inconsciemment la préparer au grand sommeil, à l'éternité.

La confusion des draps, du couvre-lit jeté à terre, atteste d'une nuit agitée dont, curieusement, elle ne garde pas le souvenir. Il faut dire que pendant leurs trente années de légitime union, Edmond n'était pas arrivé à bout de l'impétuosité nocturne de Marthe, traversée de rêves ou de cauchemars qui la faisaient bondir en tout sens, au point que le mari, exaspéré par cette fougue qu'il qualifiait d'impudique, l'avait plus d'une fois menacée de faire chambre à part, une menace que, malheureusement, il n'avait jamais mise à exécution. En fait, Marthe s'était calmée d'un coup à cinquante ans, en même temps d'ailleurs qu'elle était passée au thé, à la mort d'Edmond. Edmond le tatillon, le pointilleux Edmond...

Depuis, toute son exaltation rentrée étant tombée, elle avait dormi en paix, jusqu'à cette nuit du moins...

C'est pourquoi Marthe contemple son lit comme si elle interrogeait son propre miroir. Et la voilà qui, de nouveau, sent le chaud aux joues...

« Il y a longtemps, voyez-vous, que j'attendais ce moment... »

L'homme aux mille cache-col — elle ne connaissait pas encore son prénom — avait prononcé cette phrase avec naturel et Marthe s'était dit alors que, si elle avait dû imaginer l'entrée en matière idéale pour une rencontre idéale, c'est bien par ces mots qu'elle aurait commencé. Le feu avait gagné son visage, ce qui avait rendu inutile un « moi aussi » peut-être un peu commun et probablement audacieux pour une femme en chapeau, à cette heure, à la terrasse d'une brasserie où même Valentin était intimidant...

Marthe s'assoit sur les draps chiffonnés. Désengourdir les membres. Consentir à l'élancement de la hanche gauche.

Elle inspecte la chambre pour l'inventaire quotidien. Ce qu'elle voit alors la consterne.

Peut-on imaginer plus navrant que ces teintes beige fané et uniformes des rideaux, du couvre-lit ? Dans quel grenier poussiéreux a-t-on donc déniché ces napperons au crochet ? Cette pièce est affligeante, c'est un fait. Une chambre insipide, à vous donner des idées noires, à vous décourager d'ennui. C'est Céline, elle s'en souvient maintenant, qui l'avait aidée à choisir et à coudre le tissu beige. « C'est une couleur parfaite pour toi, maman », avait garanti sa fille, Marthe n'osant pas trop épiloguer sur cette allégation où son veuvage et sa solitude devaient jouer un rôle. Le beige pouvait faner, déteindre, et même passer, et elle avec... C'est d'ailleurs ce qu'ils avaient fait. Jusqu'à cette nuit du moins.

Ce matin, le beige fané, autrement dit l'absence de couleur, est véritablement nauséeuse. Elle est surtout une insulte à la tonalité de pensées éclatantes, une insulte à la fraîcheur de son âme qui bat clair, pourpre comme le porto servi la veille par Valentin dans les deux petits verres à pied.

« À nous, madame ! » avait-il lancé joyeusement.

Marthe avait cogné le verre contre le verre, le cœur contre le cœur. Et tout s'était embrasé. Les deux cœurs avaient dû tinter fort car le vieux chien à leurs pieds s'était réveillé d'un bond. C'est Marthe qui l'avait rassuré en posant sa main sur le plat du museau mouillé.

« Quel est donc son nom ? avait-elle demandé.

— Je l'appelle “le chien” », avait répondu en souriant l'homme aux mille cache-col et, la devançant, il avait ajouté : « Et moi, c'est Félix, pour vous servir... »

Le café est fumant dans le bol à thé.

Marthe songe, en le savourant, à la couleur de ses prochains rideaux et du couvre-lit, une vraie couleur avec du rouge dedans, ou alors du violet, comme la chemise de l'homme aux mille cache-col qu'elle n'ose pas encore appeler Félix, même si l'homme aux mille cache-col ne porte pas toujours un cache-col, même si ce qui vient d'entrer dans sa vie ressemble bien à de la joie.

V

« Je voudrais, s'il vous plaît, jeune homme, un carnet de rendez-vous.

— C'est pour vous ? » demande le vendeur en dévisageant Marthe.

Elle trouve la question inconvenante.

« Évidemment ! » réplique-t-elle avec autorité.

Le jeune homme, plus respectueux, dépose sur le comptoir un assortiment d'agendas.

Marthe soupèse, feuillette, hésite.

Le carnet doit être léger. Tenir dans le sac en cuir tressé. Surtout pas de noir...

Le vendeur, qui cherche à se racheter, s'empresse. À la fin, il déniche un trésor : un ravissant carnet en maroquin rouge muni d'un petit stylo doré.

En rentrant à la maison avec le trésor dans son sac, Marthe se sent riche de quelque chose qu'elle n'a jamais vécu. Cet agenda ne ressemble à aucun des agendas qui ont accompagné sa vie : ni au livre de comptes du ménage tenu pour Edmond, ni au répertoire des maladies des enfants détaillant avec minutie les éruptions de varicelle ou de rougeole, ni aux registres interminables des fournitures scolaires, des livres et cadeaux de Noël ou d'anniversaire de toute la famille.

L'agenda en maroquin est sans utilité. Marthe le destine au luxe du seul plaisir, le sien, délicieusement égoïste.

Pour le cérémonial, et pour lui seul. Marthe souhaite par exemple que chaque rencontre aux « Trois Canons » soit désormais gravée, occupe une place.

Tout en cheminant, elle s'interroge : écrira-t-elle « Félix » ou bien « l'homme aux mille cache-col » dans le carnet de rendez-vous ?

Justement, elle longe la brasserie. Valentin, son torchon à l'épaule, est sur le pas de la porte.

« Il n'est pas encore arrivé... », chuchote-t-il au moment où Marthe parvient à sa hauteur.

Marthe, prise de court, ne sait trop que dire.

« Mais... ce n'est pas l'heure ! balbutie-t-elle.

— Ah, bon ! Je croyais ! » Et Valentin, l'air entendu, retourne à son travail non sans avoir gratifié Marthe d'une œillade de connivence...

C'est toute troublée et même un peu essoufflée qu'elle traverse la cour de son immeuble.

La complicité de Valentin l'embrouille. En fait, elle se rend compte qu'elle est partagée entre le désir de se montrer et la gêne d'être vue, l'agrément d'avoir un confident et l'envie de garder le secret sur ce qui lui arrive.

Quoi qu'il en soit, c'est clair, la sympathie touchante du garçon de café exigerait peut-être un peu de discrétion, pour ne pas dire de tact, conclut-elle en gravissant son étage, marche après marche, sans lâcher la rampe, ô combien utile.

En haut de l'escalier, la silhouette massive de madame Groslier lui barre le passage : elle astique frénétiquement le bouton en cuivre de sa porte, un zèle réservé en principe à la semaine précédant les étrennes.

Marthe a une désagréable impression : et si la concierge était là en réalité pour l'espionner ?...

Elle lui dit bonjour quand même, malgré la désagréable impression, malgré l'essoufflement.

« Bonjour, madame Marthe. Alors, on va, on vient ! » ironise madame Groslier.

Marthe se sent comme une collégienne prise en faute. La remarque n'est-elle pas sournoise ? D'ailleurs, que sait-elle au juste ? Que Marthe sort davantage et à des horaires inhabituels pour une vieille dame jusqu'ici routinière et passablement casanière, voilà tout !

L'offensée juge inutile de répondre. Elle se contente de son hochement de tête énigmatique, refermant sa porte ostensiblement sur la persifleuse, en se disant que probablement elle n'a pas en madame Groslier une amie, ce dont elle se doutait d'ailleurs. Au moins Valentin, même s'il pèche par excès de zèle, est-il insoupçonnable de la moindre malice. Lui est un ami.

Toutes ces tribulations ont épuisé Marthe. Sa hanche gauche la fait souffrir. Elle décide d'une sieste, emportant avec elle le précieux carnet.

Ce soir, le rendez-vous est encore à sept heures, pour la quatrième fois. Elle a prévenu ses enfants : c'est elle qui appellera les petits, mercredi après-midi.

Maintenant, elle sait profiter de l'attente. Elle se vautre dedans. Elle y languit avec délices, application, en fabriquant pour elle, pour lui, pour eux, des phrases qui ne serviront pas — puisque les choses se passent rarement comme elle avait prévu —, mais qui comblent l'attente de jubilation, d'allégresse, le chiffre sept sur l'horloge n'étant plus hors d'atteinte mais au contraire, à l'infini, vécu et revécu.

Elle ouvre le carnet. Le stylo est à sa main. Il veut bien des doigts un peu raides, un peu déformés. Elle tourne les pages, les feuilles vierges d'une vie vécue à blanc ainsi qu'on le dit d'une balle fictive ou d'un mariage non consommé. Cela ne la dérange pas de commencer le carnet au 27 avril.

Existait-elle avant ?

À côté du chiffre sept, elle note de sa belle écriture fine, déliée : « Trois Canons : l'homme aux mille cache-col. »

Elle admire son œuvre, cette première page où s'inscrit enfin quelque chose d'elle, ces mots qui remplissent le blanc, le vide, pas seulement de sens, comme dans les mots croisés géants, mais d'émotion, d'images, et parmi elles, flamboyante, celle de deux vieux visages penchés l'un vers l'autre dans le miroitement du porto.

VI

Ils sont tous là, enfin presque. Paul et sa femme Lise avec les deux garçons d'un côté, Céline avec la petite Mathilde de l'autre. Même à table, le frère et la sœur marquent leur territoire, surtout depuis que l'inconstant mari de Céline multiplie ses « voyages à l'étranger », un euphémisme qui ne trompe personne — pas même la petite Mathilde — mais auquel Céline se cramponne par un amour-propre que tout le monde respecte.

Le gâteau au chocolat de Lise est une réussite. Les roses de Céline sont somptueuses. L'infâme Coca-Cola coule à flots dans les verres des enfants. On félicite Marthe pour son café qui, dit-on, n'a jamais été aussi bon.

Marthe approuve et se ressert.

« Tu bois du café maintenant ? s'étonne Céline.

— Oui... Je n'ai plus envie de thé depuis quelque temps.

— Fais attention, quand même, renchérit Paul, comme s'ils s'étaient donné le mot, ce n'est peut-être pas indiqué...

— Mon cœur va très bien ! Il ne s'est jamais aussi bien porté, je crois ! »

L'insouciance de Marthe, mais plus encore sa fermeté font leur effet.

Paul toussote : « Vous pouvez aller jouer, les enfants ! »

Pendant que les trois petits quittent bruyamment la table, Marthe sent quelque chose lui parcourir l'échine. L'onde chaude qui l'inonde est une délicate combinaison de fierté et d'appréhension. Rester vigilante. Demeurer sur ses gardes.

Edmond lui a au moins appris l'art de l'esquive qui consiste à prendre les devants.

« Au fait, ma petite Céline, je voudrais bien changer les rideaux et le couvre-lit de ma chambre. Je les trouve... comment dire... un peu vieillots ! Oui, c'est cela. J'aurais besoin... de plus de gaieté, vois-tu, de couleurs vives, du rouge ou du violet par exemple...

— Eh bien ! euh !... Pourquoi pas ?... Peut-être en effet le beige est-il... (Elle ne trouve pas le mot.) Je vais y penser... »

Céline bat en retraite. Paul prend la relève :

« On est bien contents de te voir en si bonne forme, maman, mais... Madame Groslier nous a dit que... Le quartier n'est pas sûr, le soir. Tu sais... On n'aime pas trop te savoir dehors, comme ça, toute seule... Tu comprends ? »

Marthe examine ses enfants. C'est bien sûr la première fois qu'elle les voit d'où elle est, d'un autre point de vue, comme si le paysage de la tendresse venait de s'inverser, de faire la roue, la culbute. Deux visages anxieux, contrariés, probablement semblables à celui qu'elle leur avait opposé toute leur jeunesse pour les garder dans le droit chemin, au nom de l'amour, de la protection, attentive à son rôle de mère. Si elle ne les aimait pas autant, elle ne détesterait pas, juste un instant encore, faire durer leur inquiétude, les soumettre à la légitime revanche du souci.

« Ne vous inquiétez pas, mes chéris... D'ailleurs je ne sors pas toute seule. Je suis toujours accompagnée. »

L'anxiété disparaît des deux visages. La perplexité s'accroche.

Marthe ne peut s'empêcher à nouveau d'en tirer un certain orgueil. N'est-ce pas délectable d'intriguer ses propres enfants, après tant d'années de platitude ?

Ne pas en dire plus. Entretenir le mystère.

Marthe laisse le silence faire son œuvre. Un silence lourd, empêtré. Sa belle-fille Lise sauve la situation :

« Si bonne-maman est accompagnée, glisse-t-elle, je ne vois pas où est le problème. »

Marthe se tourne vers sa belle-fille dont les yeux rieurs sont éloquents. Lise est donc une amie. Rien de surprenant d'ailleurs quand on réussit si bien le gâteau au chocolat et, qui plus est, les enfants, même si Paul, pour ces derniers, y a mis un peu du sien.

C'est la petite Mathilde qui fait diversion en prenant d'assaut les genoux de sa grand-mère. Elle brandit comme un trophée le carnet de maroquin rouge et son stylo doré.

Marthe sent son cœur affolé. À cause des doigts poisseux de Coca-Cola sur le cuir tout neuf, à cause, bien davantage, de l'indiscrétion, du secret dévoilé, comme si la petite Mathilde, choisissant l'arme la plus imparable, celle de la candeur, tenait entre ses deux menottes le destin même de sa grand-mère.

« Tu me le donnes, bonne-maman, le joli livre ? »

Marthe contemple l'attendrissant visage levé vers elle et la bouche barbouillée et les boucles inimitables, celle à qui on ne refuse rien, à qui Marthe, la première, n'a jamais rien refusé, l'angélique démon qui s'apprête déjà à remercier d'un baiser chocolat tout coulant d'amour.

La réponse tombe, à la propre surprise de Marthe qui a du mal à reconnaître sa voix :

« Non, Mathilde. Ce livre n'est pas à toi. Je ne te le donne pas. D'ailleurs, tu vas le remettre où tu l'as trouvé, immédiatement ! »

L'enfant marque un arrêt : celui nécessaire à la traduction de cette langue nouvelle que sa grand-mère ne lui avait pas enseignée et, sans un mot, sans une protestation, mesurant sans doute l'exceptionnelle solennité de l'événement, la petite Mathilde descend des genoux le plus dignement possible puis, traversant toute la pièce, elle franchit la porte avec aplomb entre ses deux cousins médusés.

Les choses auraient pu en rester là, mais le sort parfois se divertit : c'est donc le moment que le téléphone choisit pour sonner, très inopiné, très intempestif.

Marthe, encore bouleversée par son inflexibilité, sursaute, la main sur son cœur, ce cœur qu'il faut rassurer sans cesse comme on flatte de la paume le museau apeuré d'un animal familier.

Qui peut bien l'appeler, un dimanche, en dehors des enfants réunis précisément autour d'elle ?

« J'y vais ! » dit Céline.

Moment suspendu. Parenthèse.

Céline s'approche de sa mère : « C'est pour toi, maman... » Elle hésite... « Un certain... Félix... »

Marthe reconnaît dans sa poitrine, son ventre, l'impact de la balle, la douce morsure du trac : c'est l'homme aux mille cache-col et c'est la première fois.

Si elle osait, Marthe bondirait vers cette voix qui l'appelle à quelques mètres à peine, tout en se disant, évidemment, qu'elle aurait préféré être seule pour jouir de cet instant secrètement espéré. Elle aurait préféré n'avoir point sur elle ces yeux qui questionnent, cette muette attention de tous, ne point éprouver cette impression d'être sous surveillance et cependant... Cependant qu'ils soient tous là n'est pas non plus pour lui déplaire, comme si l'occasion se présentait d'en finir avec l'esquive. Pourquoi ne pas leur faire savoir que quelque chose a changé, qu'elle n'est plus tout à fait la mère, la grand-mère qu'elle était jusqu'ici ? Pourquoi ne pas les préparer à la regarder autrement, à découvrir une femme, du nom de Marthe, qu'un certain Félix appelle à l'heure du goûter, un dimanche ?

La main de Marthe hésite sur l'écouteur. Son « Bonjour, Félix » sonne délicieusement faux.

« Êtes-vous libre ce soir, Marthe ? »

La voix de l'homme aux mille cache-col, elle, sonne juste et clair.

« Libre ?... Eh bien... Je... »

Marthe ne peut s'empêcher de se tourner vers la tablée des enfants et petits-enfants comme si c'était encore à eux, et à eux seuls, de décider pour elle.

On dirait que tous attendent sa réponse. La réponse à une question soudain essentielle. Marthe est-elle libre ? Est-elle libre de ses actes, de sa vie ? Est-elle libre de Paul, de Céline, de Thierry, de Vincent, de la petite Mathilde, de Lise, de ces êtres chers qui, à force d'affection, l'ont entravée jusqu'à l'oubli d'elle-même, jusqu'à l'insignifiance ?

À l'autre bout du fil, l'homme aux mille cache-col s'enflamme : « Un opéra exceptionnel... un *Barbier de Séville* de rêve... Un chef d'orchestre somptueux ! »

Elle n'a qu'un mot à dire, Marthe, mais au moment de le dire, c'est l'émotion, encore, avec, encore, la douce morsure... Mais c'en est fait :

« Oui, je suis libre », déclare-t-elle en y mettant toute sa conviction.

Il s'occupe de tout ! Il viendra la chercher ! Il est fou de joie !

Après avoir raccroché, quelques secondes sont nécessaires à Marthe pour se reprendre. Il lui faut revenir à elle. Au goûter. Aux siens si déconcertés.

Peut-être n'y serait-elle pas parvenue sans la petite Mathilde...

Marthe sait déjà qu'elle n'oubliera jamais la lumineuse indulgence de sa petite-fille venant se couler contre elle et lui prendre la main pour la guider vers la table familiale où tous se sont mis à sourire, vaincus par le charme triomphant de l'enfance.

VII

La soirée est au rouge.

Il y a le velours cramoisi des fauteuils, les lourds plis incarnats des rideaux qui encadrent la scène. Il y a la robe tango de Rosine dont le teint si vermeil empourpre le sang à vif du jeune comte Almaviva et puis il y a Figaro, Figaro le feu follet, l'incendiaire, le pyromane des cœurs.

La soirée est au rouge parce que l'homme aux mille cache-col a choisi l'écharpe grenat aux motifs cachemire et que Marthe brûle d'un feu continu comme si le souffle de Rossini attisait en elle des braises adolescentes qui n'en pouvaient plus de couver.

C'est la première fois que Marthe assiste

à un opéra, la première fois qu'elle voit chanter l'amour. Edmond l'avait surtout confinée aux cantates et aux psaumes. Edmond le dévot, le rigoriste Edmond...

Les vocalises de Rosine, sa gorge gonflée de vibratos remuent Marthe au plus haut point et lorsque les amants se retrouvent en duo, leurs roulades folles et harmonieuses lui arrachent des petits cris d'excitation. Elle n'aurait jamais imaginé que deux êtres puissent s'unir par la grâce d'un accord ou d'une modulation partagée sur la cime aiguë d'un trille ou d'un contre-ut.

À ses côtés, l'homme aux mille cache-col semble vibrer pareillement. Lui aussi est porté au rouge, à l'incandescence.

Parfois, il pose sa main sur le poignet de Marthe, tantôt pour la prévenir, la préparer à la venue imminente d'une émotion, tantôt pour en poursuivre l'écho, jusqu'au moment extrême de la résonance, quand les notes s'élèvent puis s'évanouissent au-dessus de leurs têtes blanches.

Lorsqu'un petit cri échappe à Marthe, il se tourne vers elle et lui jette un regard de fierté comme s'il était pour quelque chose dans cet émoi, comme s'il avait lui-même écrit cette musique pour obtenir d'elle ce petit cri-là.

À la fin du premier acte, la main est

demeurée sur le poignet à cause de l'excès de beauté, de l'allégresse générale.

À nouveau elle en a éprouvé le poids et la troublante moiteur, comme le jour où la même peur les avait fait se retrouver devant les « Trois Canons » et qu'il s'était emparé de son bras à travers l'étoffe légère de sa robe en crêpe marine. « C'est donc cela une main d'homme ? » s'était alors demandé Marthe, qui ne se souvenait pas d'en avoir connu d'autre capable de cette fermeté et de cette douceur confondues.

C'est l'entracte.

Marthe est abasourdie. La cadence effrénée des amours, l'espièglerie désordonnée de Figaro, la gaieté contagieuse, flamboyante de la musique et soudain l'assaut des lumières qui s'allument, inondant le théâtre : tout lui tourne la tête.

Cette cavalcade de sensations a fait exploser son ciel bleu et nu. Il lui semble être née, ce soir, à l'intensité des choses, à la brûlure du monde. La tête lui tourne comme lorsque, enfant, elle montait trop haut en balançoire et que le vertige faisait trembler ses jambes raidies, violacées par l'effort et le froid, dans le jardin glacé du Luxembourg.

Et surtout Marthe a chaud. Elle qui ne transpire jamais, la voilà qui ruisselle. Son corps entier est en surchauffe, une chaleur qui rythme chaque coup de fouet du cœur lui-même effréné, lui-même parcouru d'étincelles de gaieté et de rires.

C'est l'entracte et l'homme aux mille cache-col s'éponge le front, sans mot dire. Marthe lui est reconnaissante de ce silence et d'avoir si chaud, lui aussi.

Autour d'elle, autour de lui, les gens s'agitent, commentent, se lèvent, ajoutent à la fièvre. Puis la salle se vide. Eux seuls demeurent assis, un peu hagards, moites de ravissement, à vouloir encore le prolonger, encore en partager l'excès. L'un avec l'autre. Sans les autres.

Marthe regarde son poignet, cette frêle part d'elle-même, cassée par l'usure, cassante comme le verre. Il ne lui appartient plus vraiment. Elle en a fait don sans se poser de question, sans même craindre qu'il ne se brise.

Le verre ne craint pas la brûlure des braises.

Et Marthe veut brûler, comme avec Rossini et dans son flamboiement.

VIII

Le petit carnet en maroquin n'en finit pas de se remplir.

Le matin, après le café, Marthe y consigne la rencontre de la veille. Quand elle en tourne les pages, cette fête continue lui fait penser à un manège de chevaux de bois étincelants. Les expositions succèdent aux concerts, les promenades aux tête-à-tête.

Parfois, d'une phrase ou d'un simple adjectif, elle commente l'événement. « Merveilleux », « délicieux », « sublime », « un régal » sont les mots qui reviennent le plus dans le carnet rouge où elle glisse, par un réflexe qu'Edmond aurait certainement qualifié de romanesque, quelques petits souvenirs de ses vagabondages : le pétale d'une fleur dérobée à la table d'un café, le ticket d'entrée à un musée...

Ces menus objets sont les trophées d'une victoire remportée sur les années perdues, perdues en obligations, et plus encore en ennui.

Marthe y puise la revanche d'une jeune fille interdite de fantaisie, résignée à l'incolore alors que tout en elle la destinait à la pétulance, à l'éclat.

Une jeune fille. C'est bien en jeune fille qu'elle explore en même temps les mille et une facettes de l'homme aux mille cache-col. Aussi imprévisible que ses foulards, il l'étonne. Ce qu'il dit, ce qu'il fait, en un mot : ce qu'il est, l'étonne. Sa présence, en soi, est un événement.

L'homme aux mille cache-col compose un spectacle permanent où la surprise est assurée, l'inattendu entendu.

À ses côtés, Marthe ne cesse d'expérimenter ses propres sensations, elles aussi imprévisibles, comme si la mécanique subtile et mystérieuse de sa sensibilité s'était soudainement remise en marche sans avoir presque jamais servi, neuve pour ainsi dire, peut-être parce que Edmond en avait retiré la clé, peut-être parce que Edmond, bien qu'il fût un mari et un père décents, ne l'avait pas convaincue qu'il était tout simplement un homme.

La profusion de sensations suffit à Marthe. Tellement qu'elle ne s'est pas trop posé jusqu'ici la question des sentiments. D'ailleurs, que connaît-elle des sentiments ? Elle se souvient petite fille d'avoir aimé sa mère, avant que la maladie l'emporte. Elle peut dire aussi combien elle aime ses enfants et ses petits-enfants. Mais son savoir s'arrête là.

Elle se satisfait des émotions brutes, naïves, déjà bien assez fatigantes, même si elle en raffole.

Comme le soir où ils écoutèrent *Le Barbier de Séville,* il n'est pas rare que la tête lui manque du trop d'émois d'une journée. Elle se couche, comblée mais harassée, et s'endort en oubliant encore ses médicaments. La hanche gauche s'en ressent. Quant à son cœur, il lui échappe. Il la déroute au point qu'elle se demande s'il ne serait pas sage d'en avertir le Dr Binet. Quand il n'est pas alerte et vigoureux, porté par l'enthousiasme d'un spectacle ou d'un dîner un peu arrosé, son cœur défaille, il renâcle comme s'il voulait rappeler Marthe à son devoir, son état de vieille dame dont elle a du mal à admettre désormais l'incongruité. Qu'y a-t-il de commun entre ce corps fourbu qui la freine, l'entrave et la légèreté de son être, prêt à toutes les audaces ?

Alors, avant de monter un escalier ou de s'extirper d'un fauteuil trop profond, Marthe porte les deux mains à sa poitrine, une manière, cette fois, d'encourager ce cœur à la suivre, le prier d'être à la hauteur.

Ce geste n'a pas échappé à l'homme aux mille cache-col, ni au chien. Ils respectent l'un et l'autre ces instants flottants où Marthe a besoin de se reprendre, de se revigorer. Ils font mine de rien, le premier renouant son écharpe, le second se grattant l'oreille, avec de drôles de regards complices — car eux aussi sont vieux, eux aussi fourbus —, et le trio s'ébranle à nouveau, cahin-caha, à l'assaut d'un nouveau plaisir.

Être fourbu à trois ne manque pas de charme. La fatigue oblige à la bienveillance, et même à la tendresse. Il leur arrive fréquemment de se pelotonner sur un banc de promenade, de mélanger les pattes et les mains, de jouer à ne rien faire et à ne rien dire, histoire de souffler un peu, jusqu'à ce que l'homme aux mille cache-col donne à nouveau le signal, propose quelque chose qui suscite aussitôt l'enthousiasme chez Marthe et le chien, tout ragaillardis à l'idée d'un projet.

Mais au milieu de toutes les sorties, Marthe a une préférence pour les tête-à-tête, bien sûr aux « Trois Canons » où ils ont leur table. C'est là, et pas ailleurs, que l'homme aux mille cache-col fait sa cour.

Quand il laisse le chien à la maison, Marthe se dit qu'il y a de la galanterie dans l'air et davantage encore lorsqu'il vient à la brasserie sans cache-col, le cou nu, comme si cette nudité de la peau et l'aveu de son âge avaient le don de mettre aussi le cœur à nu, d'en permettre le frais épanchement.

L'homme aux mille cache-col prononce des phrases que Marthe n'a jamais entendues, des compliments plutôt, mais tournés de telle façon qu'ils la troublent autant qu'ils l'émeuvent. C'est cela, ce trouble, qu'elle n'arrive pas à définir, sans doute parce qu'elle ne comprend pas bien d'où il lui vient.

Par moments, il lui semble que le trouble est dans sa tête, par moments au creux du ventre, à l'endroit même où le trac l'avait saisie avec sa morsure, si douce.

Le trouble, ça s'attrape, comme un petit point de côté de l'âme, délicieusement aigu, voluptueusement passager.

Et puis il y a les cadeaux. Quand Marthe ouvre le paquet, son cœur lui revient en fanfare. Il cogne. Le froissement du papier couvre les bruits des « Trois Canons ». On dirait même que tous dans la brasserie se taisent pour écouter le froissement.

Sous le regard de l'homme aux mille cache-col, tendre, amusé, elle en défait le nœud avec l'impression de dégrafer une robe, les joues brûlantes.

Dans ce cas, Valentin n'est jamais loin. Il vient admirer la surprise et offre un deuxième porto.

Parmi les cadeaux, des plus insolites, elle trouve souvent des dessins qui la représentent en chapeau, des sanguines en général, où Marthe se trouve une ressemblance flagrante avec Céline.

« C'est très joli. On dirait ma fille », dit Marthe.

Invariablement, l'homme aux mille cache-col répond :

« C'est ainsi que je vous vois. C'est vous, Marthe. »

IX

Dans l'œilleton de la porte, sa grosse face boursouflée, madame Groslier gesticule. Marthe n'a pas le choix. Il faut ouvrir au cerbère qui menace d'arracher la sonnette...

La concierge convertit la grimace en sourire, ou quelque chose d'approchant : « *On* a déposé ceci pour vous... À remettre en mains propres, *on* a précisé. »

Le « ceci » est un paquet plat, avec un ruban rouge. Quant au « on », plein d'emphase et un tantinet railleur, Marthe préjuge, en un instant, que cela doit ressembler à un vieux monsieur un peu artiste en veste de velours côtelé marron agrémentée d'un foulard fantaisie.

Marthe regarde la concierge. Il devrait y avoir des messagers réservés à certaines causes, pense-t-elle, aux visages célestes, par exemple celui de l'ange annonciateur de Botticelli que l'homme aux mille cache-col conserve cérémonieusement dans son carnet de croquis.

Marthe remercie, s'empare du paquet, l'arrachant aux mains impies.

« C'est... C'est un ami ? insiste l'espionne.

— Oui. C'est cela : un ami !... À bientôt, madame Groslier... »

Marthe se sent toute chose...

Ils n'ont pas rendez-vous ce soir, car il doit montrer le chien au vétérinaire, à cause d'un manque d'appétit « inquiétant à cet âge », avait précisé l'homme aux mille cache-col, un peu soucieux.

Pas de rendez-vous et pourtant Félix est là, maintenant, auprès d'elle, par ce présent qu'elle s'impatiente de découvrir, même sans Valentin pour le célébrer avec eux...

Marthe ouvre le paquet sur la table de la cuisine, entre le compotier de pommes cuites et la boîte à ouvrage qu'elle destinait au rangement, n'ayant pas cousu depuis des semaines alors que le raccommodage s'accumule, preuve de son insouciance et de son débordement.

Le cœur fait sa fanfare.

C'est un coffret, et non le moindre : il s'agit d'un vieil album d'extraits du *Barbier de Séville,* avec, en couverture, une Rosine écarlate, explosive, dont il est clair, à en juger par l'usure du carton, qu'elle accompagna longtemps l'intimité de Félix.

C'est donc *son* disque, bien plus précieux que n'importe quel disque neuf. C'est *sa* Rosine, son ardente Rosine à lui, qu'il veut offrir à Marthe comme il offrirait une partie de lui-même, mais aussi, bien sûr, afin de poursuivre le partage qu'ils en ont eu dans le ravissement commun de leur premier opéra, pour que le poignet de Marthe se souvienne et que les roulades folles et harmonieuses de l'amour chanté pénètrent maintenant sa maison à elle après avoir rempli sa maison à lui.

Marthe se sent toute chose et le cœur qui se mouille.

Mais ce n'est pas fini. Il y a également une enveloppe, fixée sur le carton au milieu des jupons de la belle Rosine.

Première lettre. Premiers mots écrits de sa main, la main qui dessine, qui *la* dessine, celle qui caresse le chien, la main qui tremble parfois sur le verre de porto.

Les seules lettres qui émeuvent Marthe, ce sont les lettres de ses petits-enfants, leurs cartes de vacances ou leurs coloriages pleins de maladroite affection. Elle les a tous conservés, dans des boîtes marquées à leurs noms, avec l'idée de leur rendre plus tard parce qu'ils ne se seront pas vus grandir comme leur grand-mère les a vus, elle, de sa place privilégiée de grand-mère.

Ouvrir une lettre d'homme, d'un homme qui écrit pour la première fois, qui n'est ni un mari, ni un fils, ni un fonctionnaire à la caisse des retraites... Ouvrir la lettre de l'homme aux mille cache-col exige des précautions tant pour la lettre que pour la femme à laquelle elle est destinée, fragile comme son poignet.

Marthe va donc quérir son coupe-papier d'ivoire dans le secrétaire de sa chambre et elle soupire, trois fois, de trois manières différentes et conjuratrices car la morsure du trac est un peu moins douce. Elle en sent les petits crocs acérés comme lorsque le chien joue à mordiller la main amie qui lui flatte le museau, histoire de rappeler qu'il reste quand même un chien.

Ce qu'elle lit sera lu. Relu. Ce qu'elle lit ne peut pas se dire. Se raconter. Ce qu'elle lit parle à sa tête, à son corps, à ses sens endormis qu'un chevalier réveille.

Cette lettre est la lettre qu'elle aurait dû

recevoir à dix-sept ans — avant que son père la fiance à Edmond — d'un autre qu'Edmond, du chevalier, de celui qu'elle espérait et qu'elle a toujours attendu, jusqu'à aujourd'hui.

Marthe vient de recevoir sa première lettre d'amour. Elle a soixante-dix ans.

X

L'antique tourne-disque se trouve dans l'ancien bureau d'Edmond transformé en lieu de rangement, en débarras pour les valises, appareils ménagers, objets encombrants, provisions, confitures, conserves, livres illisibles, vaisselle de fête, jouets cassés ou délaissés et, parmi eux, les fameuses boîtes en carton de Thierry, Vincent, Mathilde dont Marthe se doute bien qu'elles sont régulièrement explorées, cette pièce servant de refuge à ses petits-enfants les jours de goûter.

C'est donc du vieux fauteuil éventré d'Edmond, entre des poupées sans bras et un ventilateur hors d'usage, que Marthe a écouté les extraits du *Barbier de Séville.*

Plus d'une fois, elle a fermé les yeux, plus d'une fois retrouvé le scintillement du théâtre, l'exaltation des voix, la radieuse sensualité de la musique. De nouveau elle a vibré, de nouveau abandonné son poignet à l'émotion partagée.

La lettre ouverte sur ses genoux faisait danser les mots.

Rosine menait la farandole, tournoyant au milieu de ses jupons remplis d'étincelles.

Lue et relue, la lettre d'amour brûlait les genoux de Marthe.

Le feu a dû partir de là, de cet excès de souvenirs, de ces étincelles... Au matin, il a fallu appeler le Dr Binet.

C'est Paul qui a pris l'initiative, à cause de la fièvre et de l'agitation étrange de sa mère. Elle ignore ce que les deux hommes se sont dit dans le couloir. Elle demeure sur ses gardes.

Paul assiste à la consultation. Le docteur, au début fort soucieux, se détend progressivement. Pour finir, il se tourne vers Paul :

« Eh bien, mon jeune ami, ce cœur m'a l'air de se porter fort bien... Beaucoup mieux, je dois dire, qu'à la dernière auscultation... On a pris un petit coup de froid, c'est tout ! »

« Un petit coup de froid ? » Marthe dirait plutôt, en pensant à sa folle soirée musicale, qu'elle a eu un sérieux coup de chaud ! Mais comme c'est surtout son cœur qui l'inquiétait, elle se réjouit qu'il rassure le médecin.

« Je vous trouve... Voyons, voyons... Plutôt tonique, chère madame ! » renchérit l'homme de science.

Paul aussi est tranquillisé, même si le mot « tonique » semble l'avoir un peu surpris.

« Docteur, suggère alors Marthe, pourrais-je vous parler... seule à seul ?... Pardon, mon petit Paul », ajoute-t-elle à l'égard de son fils qu'elle ne veut pas froisser.

Paul s'esquive, de bonne grâce...

« Voilà, docteur... Il faut que je vous dise... »

Marthe soupire, baisse la voix. Il est des aveux qui se chuchotent. Celui-là en est un.

« Voilà, docteur... Il se trouve que... Enfin... J'ai fait une rencontre... »

Elle hésite, cherche le mot, un mot qui jamais n'est passé par ses lèvres, n'ayant jamais non plus traversé son cœur, et qu'elle va prononcer avec la même gourmandise que le mot « rendez-vous » au goût de caramel : « Sentimentale ! Oui, c'est cela. Une rencontre sentimentale... Alors, je voudrais savoir si... comment dire... médicalement... »

Marthe serre contre sa poitrine sa liseuse en laine bleu ciel, comme par pudeur, comme une jeune fille gênée de trop montrer d'elle-même, du dehors mais aussi du dedans.

Le Dr Binet, d'habitude assez réservé, s'est assis au pied du lit. C'est un vieux médecin, veuf lui aussi, mécanicien des corps, certes, mais aussi volontiers psychologue à force de rencontrer des âmes.

Il regarde Marthe avec une sollicitude qu'elle lui a rarement vue, sauf la fois où, appelé d'urgence en plein goûter dominical, il y a quatre ans, on avait craint pour Céline la menace d'une fausse couche dont l'adorable petite Mathilde avait eu la bonne idée de triompher.

« Je ne vois pas, chère madame, ce qui s'opposerait, médicalement, à une "rencontre sentimentale" avec un... au fait, quel âge, le monsieur ?

— Je ne sais pas trop, docteur. Plus âgé que moi, je crois, mais si jeune, docteur, si... C'est un artiste, vous savez !

— Excellent, ma chère ! Vous me permettez de vous appeler "ma chère" ? Tout cela me paraît excellent ! Je dirais même (le Dr Binet se lève et range ses instruments), je vous dirais même que je vous envie ! »

Le Dr Binet est sorti de la chambre en fredonnant, laissant Marthe toute rose de joie et de confusion mêlées.

Dans le vestibule, Paul raccompagne Binet. Elle les entend échanger quelques propos...

Quand son fils revient dans la chambre, il paraît perplexe.

« Qu'est-ce que c'est que cette fièvre qu'il ne faut surtout pas guérir ? »

Marthe baisse les yeux. Elle serre un peu plus contre sa poitrine sa liseuse en laine :

« Eh bien, Paul... Voilà... J'ai rencontré quelqu'un, et... »

Paul s'approche du lit de sa mère. Jamais il ne l'a regardée ainsi depuis le jour où, au-dessus de la terre éventrée, ils avaient vu descendre le cercueil d'Edmond.

Il lui prend la main :

« Tu aurais pu m'en parler, à moi, maman... J'aurais compris, tu sais...

— Je... Je n'osais pas trop... À cause de ton père, peut-être... »

Et la réponse du fils est arrivée jusqu'à la mère, foudroyante :

« On s'est beaucoup ennuyés avec papa, n'est-ce pas ?

— Oui, en effet, mon garçon... »

Marthe ne trouve pas d'autre issue à ce constat, bouclé portes et fenêtres.

Paul met son manteau, de nouveau pressé ou peut-être un peu agacé par son propre attendrissement.

Il se retourne sur le pas de la porte et lance en riant :

« Je suis bon pour une bouteille de champagne !

— Ah ! Et pourquoi cela, mon petit Paul ?

— C'est Lise qui a gagné. Elle avait parié contre moi que tu étais amoureuse !... »

Amoureuse ?... Il faudra bien trois jours de fièvre pour que le corps de Marthe consente à cette effarante, grisante évidence.

XI

Marthe est dans la rue.

Promenade de convalescence après un mal bénin, un mal béni.

La fièvre est tombée mais le mal, elle y tient : elle veut ne jamais guérir de l'effarante, grisante évidence, diagnostiquée, nommée par son propre fils.

C'est parce qu'elle est amoureuse que l'envie lui est venue de s'en aller, au matin, sur les grands boulevards...

Il lui faut humer la vie, humer Paris. S'éloigner de son quartier, de ses marques anciennes. Découvrir la ville, la sentir autour d'elle, l'entendre battre avec ce cœur flambant neuf habité par un autre. S'y inscrire autrement, même si elle n'est pas tout à fait dans le rythme, dans l'élan collectif qui fait courir les gens. Qu'autour d'elle la foule piétine et même s'impatiente, ne la dérange guère.

D'être aimée et d'aimer la mène, la guide, souveraine, tranquille, sur le boulevard qui ignore tout de sa secrète, grisante maladie, son mal béni.

L'air est léger. Elle a sa robe en crêpe marine, ses bas de coton clair, son chapeau bleu, ses gants de fil, son petit sac en cuir tressé avec, dedans, le carnet en maroquin rouge où elle a déjà noté le rendez-vous de ce soir, aux « Trois Canons », bien visible sur les trois pages blanches, les trois jours de fièvre sans rencontre, sans tête-à-tête, sinon avec elle-même.

Marthe va, une jambe après l'autre, très consciencieusement, tout en mesure, pesant chaque pression sur le bitume, dans un balancement doux du corps, la tête un peu inclinée...

Elle réfléchit. Elle se demande quels seront les premiers mots prononcés ce soir, et par qui.

Quand elle presse du pied gauche sur le bitume, le petit élancement de la hanche affleure. Elle ne lui en veut pas. On ne peut pas rompre avec tout. Il faut bien que quelque chose de soi demeure, et pourquoi pas l'élancement devenu si familier, au fond, après tant d'années d'inévitable complicité ?

Paris ne sait rien d'elle, du secret. Elle va...

D'abord, c'est une simple présence à ses côtés, puis l'impression se précise : quelqu'un ralentit. Quelqu'un retient sa marche près de Marthe.

Une femme.

Sur le sol, l'ombre dessine une silhouette en tenue courte et des cheveux qui flottent au vent.

La femme hésite. Elle non plus ne semble pas dérangée par le piétinement, l'impatience de la foule.

Pourquoi cette femme ne va-t-elle point son chemin ? Pourquoi donc demeure-t-elle dans les pas de Marthe ?

La question demeure sans réponse mais le cheminement commun dure. Il dure longtemps.

À la longue, Marthe ne déteste pas se sentir à l'unisson de l'inconnue. Cette marche ressemble à un échange, une conversation muette.

Puis soudain la femme s'arrête, à peine, un très bref instant, celui qui décide

Marthe à se tourner vers elle, à la regarder enfin...

C'est le rouge qui domine et une étincelante chevelure brune. Mais, voilà, il ne s'agit pas de n'importe quel rouge ! C'est le rouge du coquelicot, une couleur que Marthe reconnaît aussitôt. Sa couleur, sa couleur fétiche. La couleur interdite.

Cinquante années tombent d'un coup. Cinquante années d'un mur de sable gris, car la femme inconnue est vêtue d'un corsage coquelicot, vaporeux, largement échancré sur la gorge, et ce corsage est étrangement semblable à celui que Marthe avait porté tout l'été précédant ses fiançailles avec Edmond, avant qu'il soit banni impitoyablement de sa garde-robe d'adolescente.

Inexplicablement, malgré le cœur stupéfait, malgré l'émotion drue, Marthe se sent sourire.

Elle sourit à cette inconnue. Elle sourit à sa liberté. Elle l'approuve.

Et la femme coquelicot va rendre le sourire, avec une sorte d'acquiescement, comme si elle aussi approuvait quelque chose de Marthe.

Leurs chemins se séparent...

Qu'était devenu le corsage proscrit ?

L'avait-elle jeté, offert à l'une de ses amies d'alors ? Elle a oublié.

On dit du coquelicot qu'il serait la fleur du désir.

Et si c'était le désir qu'elle venait de rencontrer dans la rue, le désir coquelicot ?

XII

Sans la femme coquelicot, Marthe aurait-elle accepté, en sortant des « Trois Canons », de se rendre chez l'homme aux mille cache-col, appuyée résolument à son bras, soi-disant pour rendre visite au chien qui chipote de nouveau sa pâtée ?

Sans la femme coquelicot, Marthe serait-elle étendue maintenant sur ce sofa vétuste au beau milieu d'un atelier rudimentaire, à saucissonner de rillettes d'oie et de chianti, après avoir retiré son chapeau, ses gants et, qui plus est, ses souliers ?

C'est pourtant là qu'elle est et pourtant cela qu'elle fait.

L'atelier est aussi vide que sa propre tête. Pas vide de dénuement, mais au contraire d'un trop-plein d'espace, de rêveries insaisissables.

En un mot, Marthe a oublié qui est Marthe.

Assis en face d'elle, sur un fauteuil à bascule maculé de peinture, Félix la contemple.

Ses yeux brillent comme ceux du chien, tout à l'heure, quand Marthe, penchée sur l'animal, a posé sa main sur le museau desséché.

Avant de refermer ses yeux sur un soupir, le chien a gratifié d'un sincère coup de langue le bout des doigts de la visiteuse. Il avait l'air content qu'elle soit venue.

Marthe, qui connaît bien les soupirs, a dit :

« Le chien soupire d'une fatigue de vivre. Il ne souffre pas. »

L'homme aux mille cache-col n'a pas répondu. Lui aussi, il doit bien connaître ces soupirs puisqu'il a l'âge du chien...

Marthe ne se souvient pas d'avoir été un jour contemplée, sauf peut-être par sa mère qui, elle aussi, savait regarder, traverser le dehors, aller jusque dedans.

Marthe imagine que sa mère a dû beaucoup souffrir, connaissant le dedans de son enfant, de l'abandonner à un père myope au point de la sacrifier plus tard à un Edmond.

L'homme aux mille cache-col semble lire les pensées. Il sort de son silence :

« Vous a-t-on dit, Marthe, combien vous êtes belle ? »

À soixante-dix ans, on ne minaude pas. On croit aux paroles et aux réponses loyales. C'est pourquoi elle s'interroge, honnêtement. Lui a-t-on dit, un jour, qu'elle était belle ?

Côté Edmond, c'est vite réglé : non. Et pour les autres ? Elle a beau réfléchir...

Mais si, il y a quelqu'un ! Mathilde ! Pas plus tard que la semaine dernière, tandis que sa grand-mère brossait ses longs cheveux avant de fixer son chignon, la petite avait plongé son visage dans la crinière blanche en s'esclaffant : « Que tu es belle, bonne-maman ! » Marthe se souvient qu'elle avait serré l'enfant, très fort, et qu'elle n'avait pas pu s'empêcher, en même temps, de penser à l'homme aux mille cache-col. C'était juste avant la fièvre, la fièvre d'amour...

« Ma petite-fille, Mathilde, me l'a dit, en effet, il n'y a pas très longtemps... »

L'homme aux mille cache-col sourit :

« Mais si c'est moi qui vous le dis, ce n'est pas tout à fait pareil, n'est-ce pas ? »

Marthe regarde ses bas de coton, si nus sans les souliers. Sa vue se brouille. Ce doit être le chianti, ou les rillettes d'oie.

De nouveau, elle s'interroge. « Pas tout à fait... il est vrai », avoue-t-elle, d'une voix qui vacille un peu.

Maintenant les yeux de l'homme aux mille cache-col sont de vrais tisons. Les lèvres de Marthe sont plus sèches que le museau du chien couché à leurs pieds et qui soupire en dormant.

« Un jour, je vous peindrai, sur ce sofa, vous voulez bien, Marthe ? »

C'est au tour de l'homme aux mille cache-col de vaciller. Il y a une incandescence sur son vieux visage, à cause du reflet rouge des rideaux qu'il a tirés en entrant dans l'atelier, pour clore le lieu, pour clore le temps, peut-être.

Il défait son écharpe. C'est l'écharpe grenat aux motifs cachemire.

Marthe se demande si ce n'est pas sa préférée, parmi tous les cache-col, mais surtout elle se rend compte que c'est la première fois qu'il la défait ainsi devant elle.

Cette idée la trouble au plus haut point. Il lui semble que son cœur s'en va et qu'il faudrait parler pour que le cœur revienne, à la bonne place et au bon rythme.

L'homme aux mille cache-col est debout

près du sofa, l'écharpe à la main, le cou nu. Seul le chien les sépare mais il ne soupire plus. Il a l'air d'écouter.

« Je peux vous dire quelque chose ? dit Marthe, pour dire quelque chose.

— Oui, bien sûr.

— Savez-vous comment je vous appelle quand je pense à vous ?

— Non !... Comment ?

— Je vous appelle “l'homme aux mille cache-col”... Cela vous plaît ?

— ... Cela me plaît. (Il marque un temps.) J'en ai toujours porté, vous savez, mais aujourd'hui, il est vrai qu'avec une écharpe, je me sens plus sûr... plus sûr de moi... vous comprenez ?

— Oui, oui, je comprends... C'est comme moi avec le chapeau... »

Marthe et l'homme aux mille cache-col se regardent, lui sans son cache-col, elle sans son chapeau qu'elle a posé tout à l'heure sur une chaise avec les gants de fil et le petit sac en cuir tressé.

Les voilà donc sans défense, à cette heure tardive du soir, à cette heure tardive de leur vie.

Le chien pousse un long soupir, comme de plénitude.

XIII

Il règne un beau désordre dans la salle à manger, de ces fatras qu'on pourrait qualifier de délicieusement féminins.

Des quantités impressionnantes de tissus colorés s'amoncellent. Table, chaises, canapé, l'ensemble du mobilier a été réquisitionné pour l'occasion. Marthe, Céline et Mathilde s'ébrouent au milieu.

Marthe a choisi l'imprimé sur des échantillons proposés par sa fille. Son choix, irrévocable, s'est porté sur une étoffe nacrée parsemée de fleurs rouge vif jetées comme des guirlandes, des brassées de baisers. Céline, pour sa part, aurait préféré une version « plus champêtre » de myosotis et de bleuets propices au repos.

Mathilde, ravie, récupère sous la table les échantillons tombés de la machine à coudre. Elle y découpe les fleurs rouges pour son usage personnel.

Il y a bien longtemps que Marthe et Céline ne se sont retrouvées ainsi, plusieurs heures durant, à coudre ensemble, à deviser.

Aujourd'hui, cette intimité n'est pas sans risque, ni l'une ni l'autre n'ignorant ce que chacune sait.

La bienveillance de Paul, Marthe n'est pas persuadée de la trouver en sa fille, non point parce qu'elle aurait hérité de la myopie affective de son père — bien qu'un peu conventionnelle, Céline demeure une enfant sensible, attentionnée — mais parce que les déboires conjugaux ne portent guère, en général, à la sentimentalité ou au romanesque.

Et puis enfin, disons-le, c'est tout de même le monde à l'envers ! Est-ce que ce ne sont pas d'ordinaire les mères qui aident au trousseau de leur fille, elles qui, pleines de sous-entendus, recommandations, allusions complices et parfois coquines, préparent la chambre d'amour ? Et voilà que c'est la pauvre Céline, l'abandonnée, l'esseulée qui...

C'est pourquoi, d'un commun accord,

Céline et Marthe parlent de tout et de rien, puis de rien et de tout, ou bien, entre deux grondements de machine à coudre, elles se rabattent sur l'enfant, l'adorable petite Mathilde, la découpeuse de fleurs, qui soudain s'extrait de sous la table :

« Elle sera jolie, ta chambre avec les fleurs rouges, hein, bonne-maman ?

— Oui, trésor. Elle sera très jolie.

— Et c'est pour toi, pour toi toute seule ? » demande le démon enchanteur.

Céline lève les yeux de son ouvrage. Mère et fille se dévisagent.

Les enfants posent en général deux sortes de questions : celles qui exigent une réponse, et celles qui n'en exigent pas. La question de Mathilde appartient, semble-t-il, à la deuxième sorte puisque l'enfant redisparaît aussi vite sous la table à la cueillette de ses fleurs.

Mais le mal est fait.

Marthe, résignée, attend que Céline prenne les devants. Elle lui doit bien cela.

« Pardonne-moi, maman... Je suis peut-être indiscrète, mais... c'est sérieux, ton... (elle cherche l'expression) ton histoire ? »

Le mot « sérieux » lui fait une drôle d'impression, à Marthe. Il convient si peu au sentiment qu'elle a de l'homme aux mille cache-col, si mal à la désinvolture de ce qu'ils vivent depuis des semaines !

« Non, ce n'est pas "sérieux", répond Marthe en souriant. C'est pour ça que c'est bien ! »

Céline est décontenancée par l'ironie, mais la curiosité donne de l'audace :

« Enfin, maman ! Tu sais pertinemment ce que je veux dire... Avec cet homme... ce...

— Félix ! interrompt Marthe.

— Oui. Avec... Félix... C'est quoi exactement ? De l'amitié, de l'affection ? »

De nouveau le monde à l'envers. De nouveau les rôles inversés, et Marthe partagée entre fierté et compassion :

« C'est le mot "amour" qui te gêne, Céline » ?

Elle n'avait jamais encore prononcé le mot. En le disant à l'instant, elle éprouve, bien sûr, la douce morsure, mais aussi quelque chose d'exquis qui lui pique les paupières.

Céline regarde sa mère intensément. Les yeux demandent. Pas la bouche. Elle n'oserait pas, la bouche : il y a des questions qu'une fille ne peut pas poser à sa propre mère.

C'est pourquoi Marthe répondra à la

question muette des yeux, sans se troubler :

« Il ne s'est rien passé encore, si c'est cela que tu veux savoir, ma chérie, mais ce n'est pas, comme on dit, l'envie qui m'en manque... »

Et Marthe la téméraire ferme les yeux, à cause du mot « envie », elle les ferme sur le souffle léger d'un voile vaporeux. Elle revoit le sourire complice de la femme coquelicot sur les grands boulevards...

La petite Mathilde a dû sentir que, au-dessus, quelque chose se passe. Son minois apparaît, impatient :

« T'en as plus, des fleurs, maman ? »

Céline semble arrachée à des pensées qu'elle ne contrôle pas, pas plus que ses traits qui se brouillent d'une émotion indéchiffrable, entre effarement et consternation.

« Dis, maman, tu m'en donnes encore, des fleurs rouges ? insiste l'enfant.

— Oui, oui, Mathilde, je t'en donne. Je t'en donne !... » répond la mère d'une voix qui fait peine.

Céline se concentre sur la machine à coudre. L'ouvrage reprend. Tout semble rentré dans l'ordre.

L'enfant a repris son babil sous la table, entre les jambes de sa mère et de sa grand-mère, celles élégantes, parées de voile fin, et celles un peu raides, gainées dans du coton.

Marthe soupire à cause de l'effarement, de la consternation.

Quant à la petite Mathilde, en socquettes blanches, elle ignore qu'entre les bas de voile fin et les bas épais de coton, l'amour a fait un choix, arbitraire et, qui plus est, parfaitement saugrenu.

XIV

« J'aimerais beaucoup vous montrer ma nouvelle chambre ! »

Le plus cocasse, c'est qu'en y repensant plus tard, ils s'avoueront en riant n'avoir, ni l'un ni l'autre, vu la moindre ambiguïté dans cette proposition toute spontanée de Marthe, d'autant qu'il pleuvait fort, que les « Trois Canons » étaient encore à plus de dix minutes de marche et que la fatigue se faisait sentir, particulièrement dans la hanche gauche.

Inutile d'insister sur le regard que la concierge jettera au passage sur ce trio dont le chien, à cause de ses pattes crottées, subira l'assaut le plus assassin...

Marthe ôte son chapeau et propose un

café, tout en s'excusant pour la banalité de sa maison en comparaison de l'atelier dont la splendide incommodité l'a à ce point éblouie qu'elle a déjà dressé une liste de meubles et d'objets, datant de son mariage, à céder, au plus tôt, à un brocanteur.

Heureusement, il y a la chambre et ses débauches de fleurs rouge vif sur fond de nacre.

C'est là que Marthe apporte le plateau avec le café et les biscuits de sa fabrication.

L'homme aux mille cache-col apprécie l'exubérance florale, le chien, content de sécher ses pattes dans la tiédeur des coussins, se régale des sablés.

Marthe leur a laissé les deux fauteuils et s'est allongée sur le lit.

La conversation à trois est d'une grande gaieté. Marthe rit sans raison, ce qui lui paraît au fond la meilleure des raisons.

« Vous riez comme Rosine, remarque Félix. On dirait que vous chantez. »

Marthe trouve le compliment raffiné. Rosine n'est-elle pas leur secrète complice ?

Pourtant, elle n'a pas osé raconter la fièvre, la fièvre d'amour...

« Vous avez écouté le disque ? demande

Félix comme si, encore une fois, il lisait dans les pensées de Marthe.

— Je le connais par cœur... Je l'écoute souvent... »

L'homme aux mille cache-col devine ce qu'elle va dire, alors il attend la suite, tranquille, déjà comblé, elle le sait bien...

« ... En pensant à vous... », conclut Marthe, enjouée.

Voilà. Ils y sont. À ce moment gracieux des mots promesses, des mots caresses. Le moment de la galanterie.

Le chien bâille, se niche pour un somme au creux du coussin. Il sait être discret, le chien.

« C'est magnifique, toutes ces fleurs autour de vous, Marthe.

— Oui, elles sont extraordinaires, n'est-ce pas, elles sont si indéfinissables...

— Ce sont des coquelicots, des sortes de coquelicots, certainement. »

Le petit cri que Marthe pousse ressemble au petit cri que lui arracha la première roulade harmonieuse des amants de Rossini.

« Vous ne vous sentez pas bien, Marthe ?

— Si, si. Je me sens bien... C'est à cause... à cause... »

Le voilà donc revenu, le corsage banni, le chemisier interdit ?

Félix s'est assis sur le lit. Il interroge le visage bouleversé de Marthe.

« Je peux faire quelque chose ? »

Marthe regarde à son tour ce vieux visage penché vers elle. Dans les prunelles sombres, étonnamment lumineuses, les tisons sont intenses.

« Je peux faire quelque chose... », répète-t-il avec une autre intonation, cette fois, moins pour demander que pour affirmer.

Marthe fait oui de la tête, des yeux, des mains, du cœur, de tout son être, elle fait oui, comme la femme coquelicot sur les grands boulevards.

Alors, l'homme aux mille cache-col se lève.

Marthe le voit se déplacer au ralenti, comme en songe.

D'abord il va tirer les rideaux et la chambre se transforme en alcôve où d'autres brassées de fleurs semblent pleuvoir sur eux.

Puis, lentement, chaque geste semblant éterniser l'attente décidée mais un peu tremblante de Marthe, il se dévêt.

Tous les cache-col tombent à terre, jusqu'à la nudité.

Marthe ne pense plus à rien. Elle se dit seulement : « J'aime le vieillard nu qui s'approche de mon lit. »

Elle en est assez sûre pour se dévêtir à son tour sur le couvre-lit fleuri, avec la même lenteur, la même simplicité, jusqu'à la nudité.

Marthe ne pense plus à rien. Elle se dit seulement : « Lui aussi aime la vieille femme nue qui l'attend sur le lit... »

Les deux corps se joignent.

Les peaux sont douces d'être usées, d'avoir frotté contre le temps, les années, inlassablement polies comme les galets sur la grève.

Marthe se sent galet, se laisse rouler.

À chaque roulis, elle aperçoit de loin la tête d'Edmond qui bascule, de plus en plus lugubre, dans le cadre de verre, posé sur la commode.

Le pauvre Edmond, Edmond l'incompétent...

Elle n'a jamais autant tangué hormis le jour où, sur le trottoir, devant les « Trois Canons », une certaine main s'était emparée de son bras consentant.

La houle d'aujourd'hui fait monter la marée. Elle sera bientôt haute car la même main vient de fendre le galet qu'elle croyait clos, en plein milieu, d'un coup de lame de fond puissant.

Et, à nouveau, le petit cri. Pas de souffrance, non, plutôt de surprise. Et dans les yeux de l'homme aux mille cache-col, à nouveau la fierté, car cette fois il sait qu'il est pour quelque chose dans cet émoi. C'est bien ce petit cri-là qu'il voulait obtenir et pas un autre.

Contre sa cuisse droite, sa hanche valide, sa hanche de jeune fille, Marthe sent la joie grandir, celle de l'homme aimé nommé Félix.

« Félix, pour vous servir ! » N'est-ce pas ainsi qu'il s'était présenté ?

Servie, elle le sera, pour la première fois de sa vie de femme, de femme coquelicot.

XV

Depuis qu'elle n'est plus close, depuis qu'elle a été fendue, Marthe a l'impression que tout la pénètre, que tout la remplit.

Pleine, elle se sent pleine, investie, prise d'assaut.

Edmond s'était contenté d'être à ses côtés, mais au-dehors, extra-muros en quelque sorte, ce qui d'ailleurs lui suffisait amplement. Félix, lui, est au-dedans. Il est en elle.

Aujourd'hui, enfin, elle apprend ce que signifie la « vie à deux ». Elle porte l'amour comme la femelle kangourou son petit : chair dans la chair, au plus intime, là où l'âme et le corps ne se distinguent plus, indivis, organiquement et spirituellement liés.

Les sens de Félix accouplés aux siens, l'âme de Félix en duo de son âme, elle éprouve au carré, à la puissance deux.

Cette gémellité démultiplie ses sensations dans les moindres gestes de la quotidienneté, les gestes les plus dérisoires comme de laver une assiette ou de se couper les ongles avec les petits ciseaux courbes au-dessus de la tablette de la salle de bains. N'être plus seule à agir, à penser, lui fait mesurer la solitude vécue avec, et ensuite sans Edmond. Ce devait être une parenthèse, une longue attente en noir et blanc et sans paroles. Le film en couleur de sa vie a commencé aujourd'hui.

Pourtant, se sentir amoureuse ne fait pas regretter à Marthe d'être une vieille dame. Pour rien au monde elle ne voudrait rajeunir, repasser par les épreuves de la vie, y compris celle du vieillissement dont l'acceptation ne fut pas sans tourments. Au contraire, elle se dit que c'est maintenant, maintenant seulement, qu'elle a vraiment le temps d'aimer, d'en faire son unique loisir, sa distraction exclusive.

Bien sûr, lorsqu'elle se dénude pour sa toilette, il lui faut bien convenir de la défaite du corps, creusé, froissé par la main intraitable du temps, mais c'est sans affliction puisque c'est ce corps-là qui est désiré, lui qui roule sur la grève du plaisir partagé, lui qui s'ouvre et se remplit de la joie de Félix.

Marthe, donc, ne modifie rien à ses tenues, à son apparence. Il ne lui viendrait pas à l'idée de sortir sans chapeau, de lâcher son chignon ou de raccourcir une jupe. Quand même, quelque chose d'elle a dû changer, depuis qu'elle n'est plus close, car, aux « Trois Canons », Valentin la regarde autrement. Il se permet même quelques badinages, avec la complicité de Félix et du chien qui ont l'air de prendre du plaisir à la faire rougir.

Il n'en est pas de même avec les enfants.

Au dernier goûter, Céline a ostensiblement boudé, comme cela lui arrivait enfant. Elle a jugé de mauvais goût le châle à franges rouges offert par Félix en l'honneur de l'indomptable Rosine.

Paul, lui, avait son regard fuyant, embrassant sa mère du bout des lèvres. Céline avait dû lui dire, pour la chambre.

À la fin du goûter, heureusement égayé par la présence toujours enchanteresse des trois petits, Marthe se serait peut-être découragée sans l'intervention malicieuse de Lise, Lise la brave :

« J'aimerais bien le rencontrer votre...

votre compagnon, bonne-maman !... Félix ? c'est cela ? »

Et avant que Paul et Céline reprennent leurs esprits, elle avait ajouté :

« Pourquoi ne pas l'inviter au prochain goûter, par exemple ? »

C'est ainsi que les choses s'étaient décidées, dans l'éberluement général...

Marthe, enveloppée dans le châle à franges, note le goûter dans le carnet en maroquin. Elle écrit « Félix », du nom de l'amant, du nom de la joie car l'homme aux mille cache-col lui a cédé la place : Félix, le chevalier de la lame de fond, le pourfendeur des galets clos.

Elle aime l'imaginer, allongé près d'elle à marée descendante, quand le roulis a cessé, subjuguée par cette charpente d'homme un peu affaissée, marquée des signes vivants d'une existence bien remplie dont il lui a d'ailleurs peu dit — et pourtant si riche encore d'une sève de jeune bois.

Elle aime à rêvasser sur le souvenir de son genou noueux, la peau élimée, presque transparente de son épaule, ou le plissé odorant de son cou pour lequel elle garde une tendresse très particulière, le tout sous le regard morne d'Edmond dont elle se demande s'il avait eu vraiment un corps, un genou, une épaule, un cou, ne conservant de lui que la vision abstraite et glacée d'un personnage en complet-veston ou en robe de chambre agrémentée d'une pochette...

Sur le lit de sa chambre éclaboussée de rouge, Marthe repense à l'inconnue, la femme coquelicot, au sourire complice. Elle n'a plus de doute désormais sur leur conversation muette, tandis qu'elles marchaient côte à côte, à la même cadence, dans le même balancement de l'être. Elle ne s'étonne même plus du corsage surgi du passé, de leur chemisier commun.

Marthe, qui ne croit plus en Dieu depuis longtemps, croit quand même au destin.

Dans la rue, sur le boulevard, le destin s'est habillé en femme, en femme coquelicot. L'inconnue a dit oui à Marthe. Elle a dit oui pour elle. Oui au désir de la fleur sauvage d'été. Oui à Félix, le vieux gentilhomme artiste armé pour le célébrer. Puis la messagère s'en est allée, par un autre chemin, son étincelante et brune chevelure au vent, souveraine, comme apaisée.

Quand on croise son destin, le secret s'impose. La magie est à ce prix. C'est pourquoi, cette rencontre, Marthe se la raconte à elle seule, dans le silence de sa maison. Même Félix n'en saura rien.

D'ailleurs, qui la croirait ? La petite Mathilde, peut-être... Il n'y a guère que les petites filles pour croire aux contes.

XVI

« C'est parfait, Marthe. Tournez la tête de mon côté, voulez-vous ? »

Marthe tourne la tête. Elle est étendue sur le sofa de l'atelier, dans la même attitude que le soir où ils avaient saucissonné de rillettes d'oie et de chianti. Elle porte le châle à franges de Rosine sur la robe en crêpe marine. Le chignon serré. Elle a gardé ses chaussures.

Le chien est enroulé à ses pieds, assoupi, le museau posé sur le bas de coton clair. Il dort de plus en plus, le chien : on dirait qu'il répète la scène d'adieu, celle du Grand Sommeil. On ne le réveillera pas, même pour la pâtée. Il est si paisible. À l'instar de Marthe, qu'il a prise en affection, il soupire. D'aise, c'est visible. Il sera dans le tableau préparé à grands coups de fusain. Félix porte une veste en toile noire et un foulard rouge qu'elle ne lui a jamais vus.

Le soleil entre à flots par la fenêtre ouverte de l'atelier d'où leur parviennent les éclats de la ville.

Marthe est silencieuse. Elle connaît peu de chose à la peinture mais elle présume que le moment est essentiel car, derrière le chevalet, Félix fait des bonds étranges qui soulèvent sa tignasse blanche et hirsute, comme s'il était dans l'urgence, comme s'il dérobait à un ennemi invisible la grâce d'inscrire ce portrait soigneusement mis en scène.

Marthe ne dit mot, mais elle devine qu'elle entre, à cet instant, dans le secret de Félix, sa part énigmatique.

Puis Félix se calme, d'un coup. Il pose le fusain et s'assoit sur le haut tabouret. Il essuie son front mouillé du revers de la main. On dirait qu'il vient d'échapper à un terrible danger. Et il sourit. À quoi ? Marthe l'ignore. C'est un sourire qui ne s'adresse à personne, pas même à elle. Ce doit être, cela, se dit-elle, « sourire aux anges ».

« C'est fini ? » demande Marthe, tout

impressionnée d'avoir participé, à sa façon, à quelque rite mystérieux.

Félix lève les yeux. Il a l'air d'avoir vieilli davantage mais son visage s'illumine :

« Non, ça commence !... » répond-il. Et c'est à elle, qu'il sourit.

Cette fois, les voilà partis.

Félix a placé sur le tourne-disque *Le Barbier de Séville* que Marthe, comme convenu, a rapporté de chez elle, ainsi que le châle, en prévision de la pose.

Lui fredonne avec le jeune comte ou Figaro, elle avec Rosine.

Marthe regarde Félix la regarder.

Jamais on ne l'a détaillée ainsi, avec cette intensité, cette acuité.

Quand les yeux de Félix se posent sur elle, Marthe en sent l'effleurement sur son visage ou sur son corps. Elle sait quand Félix dessine son nez ou le lobe de son oreille. Elle sait quand il trace la courbe de son épaule ou la ligne de son mollet.

C'est un peu comme si chaque crissement de fusain sur le papier donnait vie au nez, à l'oreille, à l'épaule, au mollet, comme si chaque regard posé leur conférait un sens.

Sans les yeux de Félix sur elle, existerait-elle ? se demande Marthe tout simplement.

Parfois, la main de Félix reste en

suspens, saisie par la musique, puis le crissement du fusain reprend et Marthe s'offre à nouveau au délice d'être contemplée...

« Vous n'êtes pas fatiguée ? Vous ne voulez pas qu'on s'arrête un peu ? demande Félix.

— Non, non, dit Marthe, je suis très bien. Je suis si bien ! » Et elle soupire, d'aise, c'est visible, la tête bien tournée vers le chevalet.

Elle prend son bain de regards comme d'autres leur bain de soleil.

Elle chauffe son corps, elle chauffe son âme à la brûlure des yeux, les yeux tisons de Félix.

Le chien n'a pas bougé, le museau sur le bas de coton. Seules ses oreilles frissonnent, car, au plus profond du sommeil, il reste sur le qui-vive, rien ne lui échappe tout à fait.

« Pensez-vous que le chien partira en dormant, sans souffrir ? demande Félix.

— Je le pense, oui », répond Marthe en posant sa main sur la tête de l'animal, entre les deux oreilles frémissantes.

Félix et Marthe se sourient. Ils sont à l'âge où la mort n'effraie pas, au moment de la vie où elle fait partie de la vie, familière, presque amie.

Et Marthe reprend son bain de regards,

les yeux clos, pour mieux en goûter l'exception.

« Oui, c'est cela. Restez les yeux fermés, Marthe. C'est très beau !... »

Le soleil, le vrai, commence à lécher les franges rouges du châle et la hanche gauche de Marthe, sa hanche de vieille dame, de grand-mère.

Elle songe à ses enfants, aux petits, au prochain goûter. Elle n'a pas encore posé la question, pour le goûter.

« Avez-vous des enfants, Félix ? demande Marthe, les yeux toujours fermés.

— Non, répond Félix. (Il rit.) Je n'ai pas eu le temps !

— Vous n'avez donc pas de famille ?

— Une sœur, plus jeune. C'est bien suffisant !

— Ah !... »

Marthe pense à son temps à elle, à la fois rempli de besognes, de tâches et pourtant si vide à force de routine et d'ennui travesti en habitude.

Elle serait bien en peine de le qualifier, d'en définir la matière. Le temps a passé, c'est tout, sans qu'elle y prenne garde, soixante-dix ans durant, jusqu'au jour du premier rendez-vous avec Félix où, seulement alors, épouvantée par l'émotion de l'attente, elle avait vu les aiguilles languir puis s'affoler sur l'horloge de la cuisine parce que elle-même languissait, elle-même s'affolait...

Félix s'applique. Marthe sent la caresse du fusain sur ses paupières closes. La musique s'est arrêtée, comme par discrétion, pour ne pas déranger l'application de Félix, la rêverie de Marthe. Un jour, elle lui dira pour l'horloge de la cuisine. Elle lui racontera comment le temps s'est mis en marche, comment il a pris corps grâce au chiffre sept, l'heure du rendez-vous.

« C'est un bonheur de vous dessiner, Marthe.

— Ah !...

— Vos paupières sont des coquillages... »

Marthe redevient galet. Un instant, elle tangue sur la grève...

« Vous n'êtes pas fatigué ? Vous ne voulez pas qu'on s'arrête un peu ? demande-t-elle à son tour.

— Non, non. Je suis bien. Je suis si bien ! » Et Félix soupire, d'aise, c'est visible.

Elle n'ose plus ouvrir les yeux, à cause du mot coquillage...

Enfant, elle les collectionnait pour sa

mère au retour des vacances. Elle les collait pour elle sur un canevas à broder. Elle les métamorphosait en fleurs de toutes les couleurs. Et la petite Mathilde, sans qu'on le lui apprenne, faisait de même aujourd'hui...

Marthe songe aux petits, à ses enfants, au prochain goûter.

« Félix ?

— Oui... »

Marthe hésite puis se lance :

« Est-ce que vous verriez un inconvénient, Félix, à rencontrer mes enfants ? Et mes petits-enfants ? Et la petite Mathilde, vous savez, celle qui me trouve belle quand je brosse mes cheveux ?

— Aucun, répond-il aussitôt. Je serais ravi de les connaître... Si du moins un vieux fou comme moi peut les intéresser !

— C'est... c'est très gentil à vous, Félix... Vous comprenez... Les enfants... »

Félix l'interrompt :

« Bien sûr, Marthe. Bien sûr. Vous pouvez ouvrir les yeux maintenant.

— C'est fini ?

— C'est fini. »

Le mot « fini » réveille le chien qui bâille à regret.

« Je peux voir ?

— Mais oui ! »

Félix s'approche du sofa et propose son bras.

Marthe est tout engourdie. Le chien aussi. Tous deux s'étirent, se lèvent avec effort.

Félix regarde Marthe se regarder.

Elle voit une dame en chignon, sans âge, étendue sur un sofa.

Elle voit un chien endormi enroulé à ses pieds.

Mais ce qui l'étonne le plus, c'est que la musique de Rossini est là aussi, dans les franges chatoyantes du châle, le museau lumineux du chien sur le bas de coton, et surtout l'enchantement indéniable qui émane de tout cet abandon voluptueux, absolu, a quelque chose qui semble venir du dehors.

Pourtant, ce qui va faire battre plus fort le cœur de Marthe, ce sont, posés sur les paupières de la dame au chignon, les deux coquillages, d'un rose nacré, encore tout scintillants du sel de la mer.

XVII

Le panier est trop lourd à cause de la bouteille de Coca-Cola des petits pour le goûter du lendemain.

Plusieurs fois, Marthe a dû le poser à terre pour souffler un peu. Il fait très chaud. À chaque goûter elle se reproche cet achat mais à chaque goûter elle capitule. Ils y tiennent, les petits, à leur poison dominical, Mathilde en tête qui ne veut plus entendre parler ni de lait ni même de jus de fruits !

Marthe fait halte devant les « Trois Canons ».

L'idée du rendez-vous de ce soir la revigore. Elle aperçoit justement Valentin qui s'agite, de dos, devant leur table où ils trinqueront tout à l'heure.

Marthe, tout émue, reprend son panier et s'apprête à repartir quand elle les aperçoit : Félix et elle. Elle et Félix. Son Félix est en compagnie d'une étrangère, à quelque trois heures à peine de leur rendez-vous !

C'est si brutal, si inattendu qu'il faut un temps à Marthe pour établir un lien entre le choc ressenti au creux du ventre et la vision de ce couple, qui n'est pas le leur, à leur table, aux « Trois Canons » d'où vient de lui parvenir le projectile le plus vil que puisse concevoir une arme.

Instinctivement, les deux mains viennent au secours de son cœur qu'elle sent défaillir, puis, plus grave encore, qu'elle ne sent plus du tout, comme s'il avait déjà déserté ce corps incapable du moindre mouvement, pétrifié.

Marthe a toujours pensé qu'elle mourrait ainsi, d'un manquement de son cœur.

Elle s'est toujours imaginé aussi la dernière image qu'elle emporterait de la vie : celle de ses enfants et de leurs petits, joyeusement rassemblés autour du goûter.

Elle est prête. Elle attend.

Pourtant l'image familiale et lénifiante ne vient pas. À sa place c'est Félix, Félix l'ouvrant d'un coup de lame de fond, la chambre coquelicot. C'est donc qu'elle n'est pas morte. Elle est même bien vivante. Preuve de plus : la douleur sourde, irradiante qui commence à lanciner à l'endroit précis du choc, au creux du ventre.

La douleur, Marthe, comme n'importe quelle femme ayant accompli sa vie de femme, elle connaît. Elle en a apprécié la plupart des subtilités, des finasseries. Mais cette douleur-là est sans précédent. Elle ne ressemble à rien qui lui soit familier. C'est un mélange détonant, un amalgame de sensations opposées avec combinaison des contraires. Le froid et le chaud, le jour et la nuit. Marthe n'aurait jamais pensé que la passion puisse s'allier si parfaitement à la haine avec la même ardeur, la même atroce jubilation.

À l'égard de Félix attablé avec l'étrangère, à quelque trois heures à peine de leur rendez-vous, Marthe éprouve le sentiment extrême, fulgurant, d'adoration et de répulsion mêlées. Autrement dit, Marthe expérimente les affres de la jalousie, inédite pour un cœur jusqu'ici étranger à l'amour.

Et comme toute femme atteinte de ce mal sans égal, toujours pétrifiée devant la devanture des « Trois Canons », elle fait ce qu'elle ne doit surtout pas faire : enfoncer le clou, aggraver la douleur qui déjà la déchire. Marthe veut savoir quel cache-col Félix ose porter aujourd'hui, en cet instant solennel de flagrant délit, savoir de quelle couleur est l'écharpe de la trahison.

Le deuxième projectile est rude. Il anéantit ce qui reste d'elle, Marthe la blessée d'amour, car Félix arbore le cache-col grenat aux motifs cachemire, l'écharpe des premiers émois, sa préférée... En quelques minuscules secondes, Marthe se métamorphose.

Plus exactement, elle redevient ce qu'elle était il y a — est-ce possible ? — à peine trois mois : une vieille dame en bleu que rien ne distinguerait d'une autre vieille dame, à qui aucune femme coquelicot ne sourirait dans la rue, pour la simple raison qu'elle ne s'amuse plus, mais plus du tout, comme si c'en était fini surtout de son côté irréductiblement romanesque, cette disposition rare, cette juvénilité sans laquelle jamais elle ne serait passée du thé au café à soixante-dix ans. Marthe contemple son panier avec la bouteille de Coca-Cola trop lourde.

Il lui reste les petits, bien sûr...

Détourner les yeux des « Trois Canons ». Ne plus regarder la table qui a cessé d'être leur table.

Rentrer à la maison. Mettre un pied

devant l'autre. Chaque pas dans la détresse. Et l'élancement de la hanche gauche plus aigu que jamais...

Marthe n'entend pas Valentin qui la hèle de l'entrée de la brasserie. Il faut que ce dernier vole jusqu'à elle, lui saisisse le bras, l'appelle par son nom pour qu'elle refasse mentalement le chemin qu'elle vient de parcourir, à reculons, à l'envers d'elle-même.

« Mais enfin, madame Marthe, cela fait une heure que monsieur Félix vous appelle ! Vous ne l'avez donc pas vu vous faire des signes ? »

Marthe se retourne. Elle regarde Valentin, l'ami, le complice d'autrefois, d'avant la trahison.

« Vous ne vous sentez pas bien, madame Marthe ?... Donnez-moi donc votre panier ! »

Où est-elle ? Qui est-elle ? A-t-elle raison de se laisser entraîner, abandonnant son panier trop lourd aux mains du serveur qui continue, plein de zèle ?

« Vous comprenez, monsieur Félix a très envie de vous la présenter, mademoiselle Irène ! »

Mademoiselle Irène ? Mademoiselle Irène ?

Pourquoi certains mots nous abusent-ils ? Pourquoi s'amusent-ils à nous égarer ?

Valentin pousse littéralement Marthe vers la table, leur table.

Félix et le chien se lèvent d'un seul cœur :

« Ma chère Marthe ! Enfin !... Que je vous présente Irène, ma sœur Irène ! »

Le mémorable dimanche où le Dr Binet avait obtenu de la petite Mathilde de ne pas compromettre son entrée dans la vie, Marthe s'était effondrée de la même façon, partagée, comme maintenant, entre rire et larmes.

Avoir échappé au pire est une épreuve en soi. Marthe s'en rend compte aux soins que l'on prend d'elle. Les visages, penchés vers le sien, pleins de sollicitude, lui donnent une idée de la violence de sa propre émotion. Les coups de langue du chien sur ses mains, le signe de sa faiblesse et de sa pâleur soudaines.

Mais c'est Félix qui lui fait craindre pour elle-même, tant ses yeux sont agrandis par l'inquiétude.

« Ah ! la voilà qui revient ! »

Marthe reconnaît la voix de Valentin et sur sa tempe la caresse d'un glaçon.

« Vous nous avez fait si peur, Marthe ! » Les yeux de Félix sourient sur fond d'une petite lueur d'angoisse pas tout à fait éteinte.

Revenir est le terme qui convient. Marthe s'en était allée, en effet, au pays du non-sens, du contresens, au pays du quiproquo.

« C'est vous qui m'avez fait peur, Félix ! » chuchote-t-elle, pour eux seuls, en contemplant avec gratitude l'écharpe grenat, aux motifs cachemire, puis Irène, la sœur pour laquelle elle se sent une affection débordante d'autant qu'elle est le portrait exact de Félix en femme, le cheveu moins hirsute et moins blanc.

« Je vous demande pardon, pour ce... cette..., balbutie Marthe.

— Je vous en prie..., ce doit être la chaleur. Vous savez, Marthe, moi aussi j'ai du mal à la supporter... Vous permettez que je vous appelle Marthe ?... Félix m'a tellement parlé de vous que j'ai l'impression de vous connaître !

— Ah ? »

Elle va rougir... Heureusement Valentin propose une citronnade glacée. C'est sa tournée...

Marthe se rappelle avec une précision qui la consterne sa première citronnade à la terrasse d'un café, celle que son père lui a offerte en lui annonçant son futur mariage avec Edmond. L'annonce fut brève, acide et glacée comme le breuvage, sans place pour la révolte, la consternation. Il faisait chaud, ce jour-là aussi, et elle ne savait pas encore qu'elle portait le corsage coquelicot pour la dernière fois...

Quand Edmond vient traverser son souvenir, on dirait que Félix le sent. Très vite, il saisit la main de Marthe, comme pour l'entraîner hors de ces sentiers mélancoliques où la mémoire trébuche encore.

Il a donc pris sa main. Elle la lui a laissée, malgré Irène qui les couve du regard.

« Je vous ai donc fait peur ? » demande-t-il à voix basse en se penchant vers elle.

Elle ne répond pas aussitôt. Elle se revoit, sur le trottoir, pétrifiée. Elle se revoit trahie, exclue et surtout si vieille, si fondamentalement vieille.

La main de Félix devient pressante comme la question. Cette main qui l'a fendue et qu'elle a crue perdue, à tout jamais.

Cette fois, elle pourrait bien pleurer.

« Je crois surtout que je me suis fait peur à moi-même... »

Et comme Félix la dévisage sans comprendre, elle ajoute dans un souffle furtif qui ressemble à un baiser :

« Je vous expliquerai... Tout à l'heure... »

La voilà à présent réconciliée avec la citronnade, avec la vie.

Le chien affalé sur ses pieds par excès de tendresse lui tient un peu chaud, mais sa tête est fraîche.

Le frère et la sœur s'amusent de tout, complices, enfantins.

Marthe se dit qu'il lui a manqué un frère pour neutraliser Edmond, la dédommager de l'ennui. Entre deux rires, elle pense à ce qui vient de lui arriver : sa jalousie, son soupçon. Il lui semble qu'elle aurait pu en mourir.

Avant de s'associer à l'allégresse générale, avant de joindre son rire à ceux de Félix et de sa sœur, elle se dira que s'il n'y a pas d'âge pour l'amour, il n'y en a pas non plus pour la jalousie, mais à choisir, elle préférerait, de loin, mourir d'amour !

XVIII

La mise en scène a été étudiée, avec minutie. Ainsi donc, Félix les rejoindra en fin de goûter, aussi naturellement que possible, comme s'il passait par hasard dans le quartier.

Après délibération, on a renoncé à l'accueil pompeux de la table dominicale et surtout à la version trop « conjugale » de Marthe et Félix accueillant, ensemble, à la porte d'entrée, toute la petite famille.

Marthe a peu dormi. Elle a refait trois anciens mots croisés géants, dénichés par chance sous l'escabeau de la cuisine, reprisé quatre bas de coton, écouté cinq fois *Le Barbier de Séville,* vérifié, revérifié les services de table, optant finalement pour la nappe à dentelles blanches qui avait appartenu au trousseau de fiançailles de sa mère. Sa mère... Jamais elle ne lui a manqué autant. À qui d'autre qu'une mère présenter l'élu de son âme ? Dans quels autres bras y blottir ce secret si tardivement juvénile ?

Encore une fois, la sensation du monde à l'envers. Encore une fois, l'incongruité, le décalage, puisque, aujourd'hui, ce sont ses enfants les confidents, les juges, les possibles censeurs...

Le compte à rebours a commencé sur l'horloge de la cuisine. Le chiffre quatre, heure du goûter, scellera son destin, leur destin. Il y a toujours sur une horloge, se dit-elle, un chiffre qui estampille le destin de chacun...

La sonnerie du téléphone la fait sursauter. Ce ne peut être que lui. C'est lui.

Il n'a pas sa voix ordinaire en demandant à Marthe si elle a bien dormi, une voix qui en dit long sur sa propre insomnie...

« Je voulais vous demander, Marthe... Quelle écharpe pensez-vous que... enfin... quelle couleur... ? »

Elle est déconcertée. Jamais Félix ne lui a posé une telle question. Les cache-col, les foulards, la façon dont il les noue et les dénoue ne sont-ils pas indiscutables, aussi évidents que son existence ?

Marthe sourit. À lui qui interroge. À elle qui doit répondre. À l'appréhension commune de ces deux cœurs inquiétés par la même horloge. Cependant, à cause de la nappe de fiançailles de sa mère, elle répond, presque sans hésiter :

« La blanche, Félix ! La blanche sera parfaite !

— Oui ? C'est bien ce que je pensais... (Il marque un temps.) Je voulais aussi vous demander...

— Le chien ? Bien sûr, amenez le chien ! Les enfants seront ravis ! »

C'est à son tour de l'entendre sourire avant de raccrocher. Les « À tout à l'heure ! » sont tout pleins de flonflons...

À présent la table est prête. Une table de fête où la blancheur étincelle.

Marthe l'admire, un peu intimidée quand même à l'idée d'avoir risqué la nappe de fiançailles.

Cette nuit, les yeux grands ouverts sur elle-même, elle a longuement médité l'état de ses sentiments. Guidée par la femme coquelicot qui enlumine désormais ses randonnées amoureuses, elle a déambulé, une fois de plus, parmi les Marthe d'autrefois, mais c'est sur la jeune fille qu'elle s'est attardée, la jeune fille en rouge. C'était elle sa plus proche compagne, elle qu'elle devait retrouver après qu'Edmond les eut tant d'années séparées. Edmond l'incolore, le monochrome Edmond...

Les yeux grands ouverts, elle a revécu aussi sa jalousie, non plus sous la forme d'un danger, d'une menace, mais au contraire la fureur vive, vivifiante de l'amour. Elle avait ri toute seule en découvrant que, grâce à l'innocente Irène, elle avait vu rouge, comme on dit. Grâce à Irène, elle savait que plus jamais la couleur des choses ne lui échapperait.

D'avoir vu rouge au risque d'en mourir avait fait encore monter l'amour d'un cran. Ce cran-là donne un peu le vertige, comme la balançoire du jardin du Luxembourg quand les jambes violacées tremblaient de froid, de peur et de la rage de vaincre la peur. Elle n'a pas de nom pour cet amour avec un cran en plus.

« J'ai cru vous avoir perdu ! avait-elle expliqué le soir même à Félix. J'ai senti comme un grand vide, vous comprenez ? » Félix ne s'était pas moqué. Au contraire. « Moi aussi, Marthe, j'ai cru que je vous perdais... », avait-il répondu. Et ils étaient restés longtemps ainsi, leurs mains et leurs cœurs noués, jusqu'à ce que le porto de

Valentin les ramène au rire. Ensuite, ils avaient parlé du goûter mais ils avaient conscience, tous deux, qu'ils avaient franchi ensemble le degré d'amour qui autorise la déraison...

La table en fête est prête. Marthe également. Elle n'a plus de crainte quand la porte carillonne. La hanche gauche renâcle. C'est bien le moins.

Tous entrent en trombe comme à l'habitude, au milieu des paniers, fleurs, recommandations, exclamations. La petite Mathilde devant car elle veut être la première à embrasser sa grand-mère. Une trombe d'énergie, de jeunesse, de dit, de pas dit, de joie plutôt grande, d'agacements relativement petits : une famille, en somme.

Marthe disparaît sous les paquets, les baisers et les jouets apportés au cas où et qui ne servent jamais.

Avant même que la troupe ne s'égaille, Mathilde a déjà inspecté toutes les pièces. Elle revient en courant vers sa mère occupée à pendre les vêtements au vestiaire de l'entrée :

« Il n'est pas là ? claironne-t-elle.

— Qui cela ? dit Céline, sans réfléchir.

— Ben... le monsieur ! »

Dans le silence, le silence gêné qui suit,

amplifié par la brusque embardée de son cœur, Marthe s'entend répondre la phrase mise au point depuis le matin, à laquelle elle tente de donner le moins de faste possible :

« Il va venir, mon ange... Le monsieur... (elle a du mal à prononcer le mot)... le monsieur nous rejoindra, un peu plus tard... »

Les petits sont donc au courant... C'est mieux ainsi, pense Marthe, en se demandant si elle doit préciser maintenant que le « monsieur » s'appelle Félix ou si elle doit attendre son arrivée. Heureusement, les garçons assoiffés la dispensent de cette délicate précision. Le Coca-Cola a du bon, doit-elle admettre, en précédant Thierry et Vincent dans la cuisine. Les deux garçons en profitent pour confier à leur grand-mère qu'ils n'ont pas bien travaillé à l'école cette semaine. Ils préféreraient qu'on n'aborde pas le sujet. Elle promet, forcément...

La table en fête provoque le ravissement général. Tandis que Lise apporte le gâteau au chocolat, Céline dispose le bouquet de roses dans le vase en cristal, appréciant en connaisseuse la dentelle blanche.

« Ce ne serait pas la nappe de grand-mère Louise ? » demande-t-elle, car elle a pour le linge de maison une intuition qui confine à la science.

Évidemment, Marthe se sent rougir.

« Si... dit-elle. C'est... sa nappe de fiançailles... Elle sera pour toi un jour, ma chérie.

— Oh ! moi, les fiançailles... ! » répond Céline, un rien amère...

Le goûter est bel et bon. Le gâteau au chocolat de Lise réussit à être encore meilleur que la dernière fois. La conversation, animée. Le café, subtil. Les loupiots, polissons. Même Céline se détend et l'ombre triste de ses yeux cède aux enfants qui pouffent de rire dans leurs verres au milieu d'un concert de bruits obscènes, en aspirant avec leurs pailles le fond du Coca-Cola.

Cependant, malgré cette joie non feinte, il y a de l'indéfinissable dans ce goûter, différent des autres goûters. Il plane sur lui une sorte d'expectative, d'attente ineffable de chacun à chaque instant. Marthe le sent bien qui, la première, languit, à la fois présente et absente, plus attentive que jamais à ce qui se passe et pourtant ailleurs, dans ce qui va venir, survenir, suspendue à l'arrivée de Félix, au mouvement de bascule irrémédiable que sa venue va produire, forcément, sur cette embarcation, cette famille tranquille tellement ancrée à la normalité des choses.

Mathilde parvient à capter l'attention générale.

Elle a évidemment déniché le châle à franges rouges de Rosine, dans lequel elle fait une bohémienne inimitable, tournoyant de plaisir autour de la table.

Marthe contemple avec émotion sa petite-fille déguisée en bonheur. Ce feu follet, c'est un peu elle, au fond : c'est la flamme cachée sous la robe en crêpe sage...

Le carillon. Ce ne peut être que lui. C'est lui.

Tous les yeux sur Marthe, tous les regards tendus.

Se lever, se redresser, aussi insouciante que possible, comme Félix, passant par hasard dans le quartier.

Mathilde se précipite. Elle est en tête à la porte d'entrée qu'elle ouvre grande.

« Oh ! » dit Félix qui ne s'attendait pas à retrouver son châle rehaussé de boucles blondes à cette hauteur du sol.

« Oh ! » dit la petite Mathilde qui ne s'attendait pas à voir un vieux monsieur affublé d'un chien au long poil hirsute.

Félix porte une écharpe blanche que Marthe ne lui a jamais vue et sous le bras le carton à dessin. D'ailleurs à cause de la situation, de la morsure du trac, de la présence de tous, à côté, qui attendent, elle a l'impression qu'elle le voit, lui, pour la première fois. Elle le trouve beau, beau dans son écharpe blanche de la même soie que ses cheveux.

Mathilde, soudain bien plus intéressée par le chien que par le monsieur, se laisse embrasser.

« Il s'appelle comment ? demande-t-elle, câline.

— Le chien. On l'appelle le chien. Et moi, c'est Félix ! »

Marthe note qu'il n'a pas ajouté « pour vous servir ». Le chevalier servant, c'est pour elle, pour elle seule.

Mathilde et le chien sont déjà partis, bras dessus, patte dessous.

Félix prend la main de Marthe. Il dépose sur chaque doigt le baiser d'amour. C'est ainsi qu'il fait depuis qu'elle n'est plus close. Un geste de jeune fou qui la bouleverse parce qu'il n'est pas jeune et que ses doigts à elle sont raidis de besognes, de l'ennui d'autrefois.

Chaque baiser est un hommage, chaque baiser une vaguelette qui vient lécher la grève, leur grève. Qu'on l'attende, qu'on les attende n'empêche pas le rituel.

« Ils sont là... », dit Marthe, faute de mieux.

Une entrée « historique ». Voilà comment Marthe vit et revivra la scène, sans doute parce qu'elle réussit ce tour de force de garder tout son sang-froid, mais surtout parce que Félix manie avec un art consommé le protocole.

Marthe admire, stupéfaite, comme il use du compliment, plantant des oriflammes aux couleurs de chacun, avec une aisance naturelle de parfait grand seigneur. Si elle n'avait été en amour, elle serait tombée net sous le charme après ce tour de table, ainsi que Céline, Paul, Lise, Thierry, Vincent, médusés.

Thierry et Vincent se disputent l'honneur d'apporter une chaise. Lise et Céline celui d'avoir Félix auprès d'elles. Quant à Paul, s'il reste plus discret, il n'en est pas moins conquis, Marthe le voit bien à la façon qu'il a de tirer sur sa cigarette en évitant pudiquement les yeux de sa mère.

Après dix minutes, les jeunes femmes rient à gorge déployée. Félix finit le gâteau au chocolat. Paul refait du café.

Quant aux trois petits, ils cabriolent avec le chien visiblement pris d'un regain d'énergie depuis que Mathilde lui a mis autour du cou le ruban doré de sa poupée.

Marthe a la sensation que Félix a toujours trôné, ainsi, au milieu des siens, distillant le bonheur, sans effort, par la simple grâce de sa présence.

Toutes ses appréhensions sont tombées. À la place elle sent venir la paix et même la gratitude. Elle se dit aussi que partager Félix la comble. C'est comme si elle réconciliait ainsi toutes les Marthe inconciliables de son existence.

De temps en temps, il se tourne vers elle. Leurs cœurs aimés se confondent, comme à l'opéra, sur cette musique connue d'eux seuls, comme le premier après-midi où il l'a fendue au milieu des coquelicots. Elle aime quand Félix est fier.

Lise a demandé ce que cache le carton à dessin.

Félix montre les sanguines dont Marthe est l'unique modèle. Céline et Paul s'esclaffent. On dirait qu'ils voient leur mère pour la première fois, que pour la première fois ils la découvrent. Ils ont l'air un peu penauds, comme coupables de quelque chose.

Dans le silence qui suit, la voix de Céline se détache, impérieuse et fragile, une plainte d'enfant :

« Vous voudriez bien, Félix, faire aussi mon portrait ? »

Félix regarde Marthe qui regarde Félix : c'est oui, bien sûr.

« Ce sera avec plaisir, ma chère Céline », répond-il.

L'image du mari volage traverse tous les esprits et celui de Marthe davantage. C'est à son tour de se sentir penaude, coupable de quelque chose, envers sa propre fille. Depuis que Félix l'occupe, depuis qu'elle gravit cran après cran l'amour, que de fois Céline est venue la désoler, lui arracher des soupirs.

Souvent l'idée de sa fille sans amour assombrit le sien. Elle s'en veut d'ailleurs d'avoir peut-être manqué de délicatesse le jour où elles ont cousu les nouveaux rideaux et le couvre-lit de sa chambre. La maladresse de Céline n'était pas une excuse à la vanité ! Comme s'il y avait de quoi se vanter d'être aimée ! Marthe était bien placée maintenant pour savoir que l'amour ne se décrète, ni ne s'empêche...

Marthe aurait soupiré du soupir qui fend l'âme si, faisant diversion, Mathilde n'était survenue en se ruant sur Félix avec le chien en laisse, étrangement consentant, à moitié étranglé par le ruban doré :

« Tu me le donnes, le chien, dis ? implore-t-elle.

— Il faut lui demander s'il veut bien ! »

propose Félix, en attirant vers lui ce bout de femme, ce bout de flamme.

La petite Mathilde, sans lâcher le chien, grimpe sur les genoux de Félix.

Tous contemplent avec bienveillance cette scène immuable du vieil homme attendri par une petite fille et Marthe à nouveau éprouve la sensation de l'avoir toujours vu là, avec Mathilde blottie contre lui, sa petite Mathilde. D'être à la fois mère, grand-mère et amante semble soudain si simple, si évident...

« Il voudra jamais me le dire », balbutie l'enfant fort désappointée par la proposition de Félix.

Le chien, à bout de souffle, s'est couché sous la table contre les pieds de son maître. Il a l'air repu, de jeux, de gambades.

La petite est aussi épuisée que le chien. Elle aussi pourrait s'endormir, s'endormir dans le châle de Rosine, le châle de Rossini.

Mais c'est compter sans le petit démon de la diversion car, subitement, Mathilde se redresse et, on ne peut plus réveillée, devant la table à nouveau au complet qui se remet à peine de ses émotions, elle prononce sa phrase en détachant bien chaque mot :

« Dis, bonne-maman, c'est ton fiancé, Félix ? »

Il a toujours manqué à Marthe — particulièrement pour les choses qui la touchent — le sens de la repartie. Il faut dire que la fréquentation d'Edmond ne l'a guère aidée à combattre ce léger travers. Elle sait donc que la bonne réplique, qui plus est publique, elle ne la trouvera pas. Pour répondre à sa petite-fille, la vivacité d'ailleurs ne suffirait pas, car il ne s'agit pas seulement, c'est clair, d'une question, mais d'une sorte de séisme.

Félix, décidément, sera l'homme par qui la rougeur vient : Marthe sent le feu grandir sur ses joues, incendier son visage.

Pendant ces secondes d'éternité, elle fait mentalement le tour de la table. Elle ne voit personne qui puisse, décemment, lui venir en aide, pas même Lise la téméraire, et surtout pas Félix que la question vise de trop près et qu'elle ne veut même pas regarder, de peur de l'entraîner avec elle dans le désastre de son propre émoi.

Marthe fixe désespérément la nappe à dentelles blanches, la nappe de fiançailles de sa mère, Louise. Sa mère, oui, aurait pu répondre, sans indécence...

Pourtant la réponse viendra, d'où elle

l'attend le moins, impérieuse et fragile mais sans la plainte de l'enfant :

« Bien sûr que c'est son fiancé, ma chérie, voyons !... »

Marthe lève les yeux sur sa fille. Il lui semble que jamais elle n'a vu Céline sourire ainsi : comme seule une femme peut sourire à une autre femme.

Mathilde dort à poings fermés contre Félix, dans le châle de Rosine : elle n'a même pas attendu la réponse...

XIX

Maintenant que Marthe a été autorisée à aimer et à être aimée, ce qui la bridait encore s'est débridé. Ce qui restait en elle de timidité s'est envolé. Elle est devenue conquérante, mieux : désinvolte.

Le revirement de Céline s'est confirmé.

Paul, à l'inverse, est plus timoré. Marthe l'imagine partagé entre le contentement de voir sa mère heureuse et la gêne devant ce qu'il ne peut s'empêcher de considérer sans doute comme une inconvenance. Il s'en tire par l'humour.

« Alors, c'est toujours la passion avec Félix ? » a-t-il demandé ce matin même. Marthe ne lui en veut pas. Grâce à cette boutade, elle s'approprie désormais le mot qui lui manquait, le nom pour l'amour avec un cran en plus, ce degré d'amour qui autorise la déraison : « passion ». Bien sûr, la passion !... Ainsi, c'est la deuxième fois que son fils lui ouvre les yeux, en quelque sorte, sur l'état de son cœur. S'il savait...

Aux « Trois Canons », Marthe et Félix ne passent pas davantage inaperçus. Ils règnent en maîtres sur leur coin de terrasse.

Après une vie passée à l'ombre d'un père, d'un mari, d'enfants, elle est enfin entrée en lumière. Marthe se sent visible. C'est comme si elle se percevait de l'extérieur, illuminée par son propre éclat, nimbée d'elle-même. Quand elle explique cela à Félix, ingénument, avec des mots qu'il lui semble employer pour la première fois (parce que les mots ce n'est pas seulement du vocabulaire, elle s'en rend compte, mais aussi une question d'occasion), il rit et se précipite sur son carnet de croquis pour fixer au fusain la Marthe qui parle ainsi, avec ces mots si nouveaux.

Grâce à Valentin, le porto s'achève très souvent en grignotage plein de surprises et de fantaisie, inspiré des tapas andalouses. C'est ainsi, égayée par le zèle talentueux de leur serveur, que Marthe a retrouvé l'appétit, sautillant de l'andouille de Vire aux harengs marinés-pommes à l'huile.

Elle serait bien incapable de se souvenir du goût de sa dernière soupe de légumes. Avoir faim est une sensation si extraordinaire pour elle qui mangeait par devoir, qu'elle la confond parfois avec un point de côté ou un début de hernie, vestiges du temps où elle s'écoutait, dans l'obsession d'une défaillance du corps, d'une maladie possible qu'elle espérait peut-être, au fond, pour rompre la routine...

Plus tard, au coucher, Marthe choisit parmi les moments vécus avec Félix un geste de lui ou une phrase qui l'ont émue ou attendrie. C'est sa tisane du soir, son infusion à elle, à la fleur de coquelicot.

Ils n'ont pas encore osé pour la nuit. Pas osé dormir ensemble. Ce n'est pas rien une nuit. C'est là que le temps vous rattrape, que les vieilles habitudes vous rappellent aux embarras de l'âge. La servitude des médicaments, la hanche insomniaque, les cheveux défaits, tout cela pose problème. Elle préfère ne pas trop dévoiler à Félix toutes ces petites misères.

L'après-midi, ce n'est pas la même chose. L'après-midi, dans la lumière tamisée des coquelicots, leurs vieux corps nus s'oublient. L'usure devient douceur, la hanche devient tendresse. Marthe garde son chignon, Félix son air de chevalier et la marée veut bien d'eux, montante et descendante, tandis que le chien dort, le museau entre les pattes, sur son coussin.

On a du mal maintenant à le sortir de son sommeil, le chien. Hier soir, il a préféré rester à l'atelier plutôt que les accompagner aux « Trois Canons ». Marthe s'est réveillée d'ailleurs en pensant à lui, juste avant que son fils l'appelle et lui fasse, sans le vouloir, cadeau du mot « passion ».

Le téléphone de nouveau.

« Marthe ! » La voix de Félix est si différente. Une voix sans sa couleur.

« Marthe ! » répète-t-il de la même voix étrange, comme s'il ne pouvait en dire plus, comme s'il espérait qu'elle comprenne.

Et elle comprend.

« Le chien ?

— Oui.

— Quand ?

— Cette nuit.

— Je viens ! »

En parcourant la distance qui la sépare de Félix, tout en mesure, dans un balancement doux du corps, mesurant chaque pression du pied sur le bitume, son petit sac de cuir serré contre elle, Marthe essaie de ne penser à rien, ni au chien vivant, encore moins au chien mort. Elle s'exerce au sourire. Du sourire c'est ce dont Félix aura besoin, même un sourire triste.

Avant de sonner à la porte, un soupir, de ceux qui donnent force à l'âme.

Il ouvre, il n'a pas de foulard. Ses cheveux tombent sur ses yeux.

Difficile de sourire au regard de désarroi qui filtre entre les mèches blanches.

« Où est-il ? demande Marthe.

— Sur le sofa... »

Le chien est couché le museau entre ses pattes. C'est ainsi qu'il s'endort quand il est en paix.

« Vous aviez raison, Marthe, il a l'air de dormir. Il n'a pas souffert », dit Félix d'une voix qui retrouve un peu de sa couleur.

Marthe pose sa main sur le museau. C'est à cet endroit que le chien aime la caresse, qu'il frémit de gratitude avant de lécher son poignet.

Refaire le geste, pour le rituel.

Puis Marthe s'allonge sur le sofa, le chien à ses pieds, dans la position du « Portrait aux coquillages », comme ils l'appellent maintenant et qui finit de sécher contre le mur. Félix s'assoit en face, près de son chevalet.

Dans le nouveau tableau qu'ils forment ainsi, le chien a l'air vivant.

Longtemps ils vont causer. Longtemps également se taire.

Le chagrin de Félix suit la courbe du soleil, grimpant jusqu'au zénith puis redescendant. Cette courbe, Marthe l'accompagne de phrases ou de silences.

Voir Félix souffrir, monter avec lui jusqu'à la cime des sanglots, c'est gravir encore un cran sur l'échelle d'amour.

Félix raconte le chien. Il se raconte avec.

À travers les mots, c'est une grande part de vie qui passe, car l'homme et le chien ont le même âge. Ils ont quatre-vingts ans. C'est aussi le voile levé pour Marthe d'un peu du secret de Félix.

Le soleil va bientôt se retirer. La souffrance le voudrait bien aussi. Ils n'ont pas bougé.

À la fin, Félix se redresse :

« Que diriez-vous, Marthe, d'un verre de porto ?

— J'en dirais du bien, je crois. »

En refermant la porte sur eux, ils regardent ensemble le chien immobile.

Félix marche avec effort. On dirait que de n'avoir plus le chien dans ses pas l'empêche d'avancer. C'est lui, ce soir, qui s'appuie au bras de Marthe. Il n'a pas voulu mettre d'écharpe...

Le porto, le tintement des deux verres, c'est au chien qu'ils les offrent.

Valentin a dû sentir quelque chose car les tapas se multiplient...

« Vous savez, Marthe, dit Félix, je crois que le goûter aura été pour le chien son dernier moment de grand bonheur.

— Il est vrai que Mathilde s'est prise d'une véritable passion pour le chien ! » répond Marthe qui se sent très envie d'employer le mot passion depuis qu'il est entré dans son vocabulaire, dans sa vie.

Félix sourit, tristement, mais quand même.

Voir sourire Félix ce soir, est-ce gravir le dernier cran de l'échelle d'amour ?

Marthe aura la réponse le lendemain matin, quand, dans une autre maison que sa maison, elle se réveillera, les cheveux défaits, et que l'odeur du café embaumera tout l'atelier.

XX

Les nuits à l'atelier et les après-midi dans la chambre aux coquelicots n'ont rien de comparable.

Dans la chambre aux coquelicots, Marthe accueille. À l'atelier, c'est elle qui est cueillie.

L'après-midi, au milieu de ses meubles, ses objets, ses marques, elle garde le contrôle, même les jours de tempête ou de grande marée. La nuit, la boussole s'affole. Marthe perd la notion d'elle-même.

Quand elle revient chez elle, après une nuit à l'atelier, elle titube dans la rue comme si elle était ivre — d'ailleurs elle l'est certainement puisqu'elle ne se reconnaît pas — et elle rentre chez elle comme chez une étrangère. Il lui faut plusieurs heures pour retrouver ses repères, en espérant qu'aucun enfant n'aura téléphoné.

Elle n'a pas osé avouer — même à Céline — qu'il lui arrivait de dormir à l'atelier. « Trop, c'est trop »...

La mort du chien a laissé dans le regard de Félix une trace de chagrin que Marthe seule peut voir. Pour le reste, jamais il n'a été aussi entreprenant.

Il ne se lasse pas d'inventer des choses à faire, de proposer des sorties, des jeux.

Ses bouquets continuent d'affluer dans la loge de la concierge, à qui le manège nocturne n'a pas échappé.

Félix a voulu parler lui-même à la petite Mathilde pour le chien. Tout s'est dit au téléphone.

Mathilde n'a pas semblé surprise que Félix l'appelle. Elle a demandé aussitôt des nouvelles du chien :

« Et le chien, comment il va, le chien ? »

Félix, visiblement bouleversé, a fait signe à Marthe de prendre l'écouteur, pour se donner du courage.

« Eh bien, justement, tu vois... il faut... je voulais que tu saches... le chien était très vieux, tu sais... Alors voilà, maintenant il est mort. »

Mathilde ne réagit pas tout de suite. Il y a un silence. Félix et Marthe se regardent. Puis la petite répond :

« Il est mort parce qu'il était très vieux ?

— Oui, c'est cela, ma chérie.

— Ben, toi aussi tu es très vieux et tu n'es pas mort ! »

Félix et Marthe rient en même temps.

« Alors je le verrai plus, le chien ?

— Non, Mathilde, tu ne le verras plus.

— Et toi, je te verrai ?

— Oui, moi, tu me verras.

— Ah, bon ! » a conclu la petite, très naturellement, et elle a raccroché.

Ils ont appris le lendemain par Céline que Mathilde ne dessinait plus que des chiens, affirmant qu'elle serait « peintre, comme le fiancé de bonne-maman ! » et qu'elle n'avait pas pleuré.

Trois semaines plus tard, reprenant en plaisantant la remarque de Mathilde, il a posé à Marthe cette question qui, à son tour, l'a bouleversée :

« Puisque je ne suis pas mort, que diriez-vous, Marthe, d'un voyage à Séville ? »

Depuis, elle est dans les préparatifs, entre trac et impatience.

Elle est partie une seule fois en voyage

avec Edmond. C'était à Boulogne-sur-Mer. Elle se souvient qu'elle avait eu très froid. C'est tout.

Les préparatifs, ce n'est pas seulement penser la valise où elle a déjà rangé, en premier, le châle à franges, c'est tout repenser, au plus lointain de soi, quand, jeune fille, elle rêvait d'être enlevée par un homme à cheval. Le chevalier a tardé, certes, mais il est venu finalement, et aujourd'hui il lui demande la preuve absolue d'amour : quitter ses meubles, ses objets, ses marques, pas seulement le temps d'une nuit, mais sans doute le temps d'une vie, même si cette vie est déjà à son crépuscule, peut-être même pour cette raison-là.

Les préparatifs, c'est calculer les jours jusqu'au jour du départ. Voir grandir l'agitation dans le petit carnet en maroquin rouge où elle note ses impressions du compte à rebours. Contempler autrement ses enfants, ses petits-enfants, profiter d'eux comme si elle devait les quitter pour toujours, alors qu'elle ne doute pas qu'elle les reverra.

Les enfants ont bien accepté cette idée de voyage. Mais Paul n'a pu s'empêcher de téléphoner à Félix pour mieux s'informer sur les conditions du séjour et prodiguer au passage quelques conseils que Félix a trouvés « délicieusement paternels ».

Avant-hier Lise est passée à l'improviste — heureusement, Marthe était chez elle — pour lui signaler une robe qui, selon elle, « serait parfaite pour Séville » et, ajouta-t-elle, « plus estivale que la robe en crêpe marine »...

L'après-midi même, Marthe se rendait à pied, bien que ce fût un peu loin, du côté de la Seine, jusqu'à la boutique indiquée par son adorable belle-fille.

La robe était bien en vitrine.

En la voyant, Marthe eut l'impression qu'elle l'attendait ou qu'elle lui appartenait déjà. Les motifs rouges sur fond crème n'étaient pas sans rappeler les rideaux de sa chambre et le couvre-lit, en plus subtil. Lise avait vu juste.

Elle voulut l'essayer. La vendeuse était charmante, très attentive à cette vieille dame qui parlait avec gourmandise d'un voyage en Espagne et d'un certain Félix.

Quand, pour la dernière fois, Marthe s'était-elle acheté une robe ? De toute évidence celle-ci lui allait parfaitement. Tissu léger. Longueur idéale.

« Vous voulez la garder sur vous ? » proposa la vendeuse qui ajouta : « Vous êtes magnifique ! »

Marthe hésitait. Elle avait rendez-vous tout à l'heure aux « Trois Canons » et il faisait chaud, mais se défaire ainsi de la robe en crêpe...

Elle finit par accepter et elle se laissa convaincre aussi par un petit sac à main en cuir crème pour accompagner la robe ainsi qu'une paire de sandales en toile et un chapeau de paille de la même teinte.

En sortant du magasin, accompagnée du regard de la vendeuse, Marthe fut saisie d'une sorte d'intimidation irrépressible : « Félix aimera-t-il la robe ? » s'alarma-t-elle, avec un mélange inconnu de terreur et de jubilation. La hanche, soudain réveillée, semblait lui poser la même question essentielle.

Elle décida de rentrer en taxi...

Marthe, en y repensant, garde une sensation très bizarre de ce qui s'est passé alors.

Au moment de monter dans le taxi, elle a vu descendre d'un autobus, de l'autre côté de la rue, une femme en qui, à l'expression du visage, à un je-ne-sais-quoi de farouche, elle aurait juré reconnaître la femme coquelicot, s'il n'y avait eu le chignon serré et cette robe en crêpe marine étrangement semblable, d'ailleurs, à celle que Marthe venait justement de quitter.

Ce n'était qu'une vision fugitive mais elle en fut assez troublée...

Le soir, Marthe fit sensation aux « Trois Canons ». Elle se demanda même si, manifestement épaté, Félix n'avait pas un peu rougi en l'accueillant à leur table. Juste retour des choses...

Cette fois, « c'est le grand jour ». Ainsi Marthe a libellé la date du 5 juin dans son carnet en maroquin qui convient tout à fait au petit sac à main en cuir crème.

C'est drôle, le train de nuit pour Séville est à sept heures, l'heure du rendez-vous aux « Trois Canons »...

Paul, Céline et la petite Mathilde ont tenu à accompagner les voyageurs jusqu'au quai.

Marthe a serré très fort contre elle Céline, Paul puis Mathilde.

« Tu es superbe dans cette robe, maman !... Ce sont vraiment tes couleurs ! — Prends bien soin de toi, maman ! As-tu pensé à tous tes médicaments ? — Tu me rapporteras quelque chose, dis, bonne-maman ? »

Elle a dit « Oui ! oui ! » à chacun, d'une voix de moins en moins ferme, avant de monter dans le wagon-lit aidée du bras de Félix...

Maintenant, ils sont penchés à la fenêtre. Ils envoient des baisers, comme dans les films, ou les livres qui se terminent bien. Félix porte l'écharpe grenat aux motifs cachemire.

Le sifflet du départ est d'une stridence parfaite.

Marthe porte la main à son cœur : il couvre le vacarme de la gare.

Voilà. Le train est parti.

Le moment est aussi parfait que la stridence du sifflet. Ils la font durer, cette émotion pure.

Puis Félix se lance :

« Que diriez-vous, ma chère Marthe... ?

— D'un verre de porto, peut-être ? »

Le sourire de Félix la fait rougir, comme un coquelicot.

Composition réalisée par S.C.C.M. (groupe Berger-Levrault), Paris XIVe

IMPRIMÉ EN FRANCE PAR BRODARD ET TAUPIN
La Flèche (Sarthe).
LIBRAIRIE GÉNÉRALE FRANÇAISE - 43, quai de Grenelle - 75015 Paris.
ISBN : 2 - 253 - 14610 - 2

31/4610/7